I.S.B.N. 2.09.282396-5
Conforme à la loi n° 49956 du 16 juillet 1949
sur les publications destinées à la jeunesse.

YAK RIVAIS

CONTES DU CIMETIÈRE SOUS L'ARC-EN-CIEL

Illustrations de Yak Rivais

NATHAN

« Plus les vivants sont morts moins ils sont vivants ;
plus ils sont vivants moins ils sont morts.»
Dracula

PROLOGUE

IL A PLU ce soir. Les tombes du cimetière Saint-Patrick brillent au soleil tandis qu'un splendide arc-en-ciel couronne la vieille église en attendant la nuit. Attention ! C'est l'heure où l'escargot rampe sur les dalles de marbre, l'heure où les crapauds quittent l'abri des champignons vénéneux, l'heure où les défunts commencent à parler entre eux. Les fantômes se vantent, à qui a le mieux tarabusté les vivants. Dans son caveau voûté, le vampire ajuste sa cape rouge, prêt à sortir avec l'extinction du soleil. Les feux follets reprennent des forces au fond des chapelles à l'abandon. La cloche de l'église retentit pour un dernier appel à la prudence. Dong ! Dong ! Dong ! Humains, ne sortez plus ! sonne-t-elle.

Alors les squelettes font entendre leur musique de xylophones en choquant leurs os. Les sorcières égrènent des malédictions pendant que les gobelins et les trolls sournois rivalisent de méchanceté avec les sagouins mordeurs. Et, indifférente aux diables tapis derrière les cyprès sombres, l'Ankou s'extirpe d'un tombeau, sa faux redoutable à la main ! Dong ! Dong ! Dong ! sonne la cloche. Humains, restez chez vous ! N'ouvrez à personne ! Surtout, ne venez pas au cimetière !

Un chat noir dévisageait Soizic.

LE CHAT NOIR DU DIABLE

SOIZIC s'arrêta. Sur une tombe, un chat noir la dévisageait.

– Bonzour, zoli çat ! le salua la fillette en zozotant, car elle avait un appareil dentaire depuis la veille.

– Je ne suis pas un « ça », dit alors le chat noir, mais un « chat », et même un chat de race.

– Ze sais, admit la fillette. Mais z'ai un défaut de prononciation.

Le chat se léchait une patte antérieure avec sa minuscule langue rose. Derrière lui, l'arc-en-ciel brodait ses couleurs au-dessus de l'église car il avait plu. Les flaques d'eau le reflétaient.

– À qui appartiens-tu, zoli çat ? demanda Soizic.

– Je n'appartiens à personne, ronronna le chat tandis que la fillette s'asseyait sur la pierre tombale à côté de lui. À personne... au sens où les humains l'entendent.

Il se leva, s'étira :

– Je ne suis pas un chat ordinaire. Je peux exaucer les souhaits.

Il se rengorgeait, un peu prétentieux. Soizic s'accroupit devant lui dans l'herbe humide, les coudes sur la tombe et le menton dans les mains. Le chat se trouvait ainsi face à son visage. Il leva une patte :

– Si je dis que je peux exaucer les souhaits, c'est que je le peux.

– Z'aimerais voir ça ! dit Soizic.

– Demande-moi quelque chose !

– Bon, réfléchit l'enfant. Donne-moi une poupée.

– Peuh ! Une poupée ! fit le chat avec mépris. Tu n'as pas mieux à me demander ?

– Quoi ? Par exemple ?

– De l'argent. De l'or. Ou même un trésor...

– Bonne idée ! approuva Soizic. Ze veux bien un zoli trésor.

– Je vais t'en dénicher un petit. Après, nous parlerons affaires. Arrache un poil de ma fourrure.

– Hein ? Tu veux que z'arrache un poil de... ?

Le chat répéta, patient :

– Arrache un poil de ma fourrure. Un seul.

La fillette hésitait. Elle avança la main, mais retint pudiquement son geste. Le chat l'encourageait :

– Vas-y ! Arrache un poil ! On ne va pas rester là jusqu'à demain !

– Bon, dit la fillette.

Elle toucha la fourrure du chat, passa la paume de sa main dessus. Elle saisit un poil entre le pouce et l'index.

– Tire un bon coup ! conseilla le chat.

Soizic fit ce qu'il commandait. Le poil lui resta dans les doigts. En même temps, une odeur peu agréable vint agacer ses narines. La fillette renifla. Le chat la renseigna :

– C'est toujours comme ça quand on m'arrache un poil. C'est l'odeur du soufre. Moi, je ne la sens même plus.

– Ah, dit la fillette sans comprendre.

Mais déjà le mauvais parfum s'était estompé. L'enfant tenait le poil noir entre le pouce et l'index :

– Qu'est-ce que ze dois faire ?

– Lève-toi. Approche mon poil de tes lèvres. Je vais t'apprendre une formule magique. Lorsque tu l'auras répétée à voix haute après moi, tu souffleras sur le poil et tu le lâcheras. Compris ?

– Qu'est-ce que ze devrai dire ?

– Répète après moi : « *Poil de chat s'envole / Devient trésor en touchant le sol.* » Ensuite, tu souffles sur le poil en le lâchant. Vas-y !

Soizic hochait la tête. Elle approcha le poil noir de ses lèvres et murmura :

– Poil de çat s'envole / Devient trésor en touçant le sol !

Elle souffla fort sur le poil qui s'éleva en l'air, plana une seconde et retomba en zigzaguant. À l'instant où il toucha terre, un coffret de bois le remplaça.

– Ah ! s'exclama Soizic.

Le coffret n'était pas volumineux, mais

il n'était pas banal non plus, incrusté d'argent avec des ferrures à l'ancienne. La fillette ouvrait de grands yeux.

– C'est ce que tu voulais, n'est-ce pas ? vérifia le chat.

Soizic fronça subitement les sourcils en reniflant. Le chat expliqua :

– Le coffret sent le soufre, forcément. Mais l'odeur se dissipera vite. Tu peux le toucher sans crainte.

Soizic avança la main vers l'objet. Elle se demandait comment le chat avait pu le faire apparaître.

– Est-ce que tu es prestidizitateur, gros çat noir ?

– Non.

Soizic posa la main sur le coffret. La mauvaise odeur s'était évaporée.

– Ouvre-le, ordonna le chat. Après nous parlerons affaires.

– Affaires ?

– Ouvre d'abord le coffret.

La fillette souleva le couvercle. Elle balbutia, à la vue des pièces d'or qu'il contenait :

– Mais... mais... c'est... c'est...

– C'est de l'or, confirma le chat. On en trouve sous terre.

– Ah ?

La fillette avait enfoncé les doigts dans le coffret. Les pièces glissaient entre eux comme des gravillons entre les dents d'un râteau. Elle en attrapa une poignée, la souleva, laissa les pièces retomber sur les autres avec des tintements métalliques.

– Comme tu peux constater, dit alors le chat, j'ai fait apparaître un PETIT trésor. Je peux en faire venir un grand. Je peux t'obtenir tout ce que tu commanderas.

– C'est zénial ! s'extasia Soizic.

– C'est facile. Je peux satisfaire autant de souhaits que j'ai de poils sur le corps, et aussi longtemps que tu vivras.

– Moi, ze veux bien ! s'écria Soizic. Qu'est-ce que ze peux demander ?

– Tout ! De devenir blonde ou rousse au lieu d'être brune ! D'être intelligente ou idiote ! D'être en bonne santé ou de rendre les autres malades ! Je peux exaucer tous tes souhaits !

– Moi z'aimerais devenir forte en zéométrie parce que ze confonds les rectangles et les carrés...

– Facile. Il suffit de m'arracher un poil et de prononcer la formule. Mais il faut que tu signes un papier.

Il en tira un de sa fourrure, avec la même odeur de soufre que tout à l'heure.

– Ton parfum ne sent pas le zasmin !

remarqua la fillette. Ze crois même qu'il pue l'œuf pourri !

– Ça ne durera pas, se défendit le chat en agitant la feuille de papier pour dissiper la mauvaise odeur. Voilà. Tu peux signer là.

– Signer quoi ?

– Le contrat.

– Qu'est-ce que c'est ? se renseigna Soizic.

– Un papier. Par lequel je m'engage à satisfaire tes désirs. Pour m'appeler, il suffit que tu entres dans n'importe quel cimetière, et que tu dises : « *Viens me voir / Beau chat noir.* » Et pour que j'exauce tes vœux, tu prononces la formule que je t'ai déjà apprise.

– C'est zénial ! approuva Soizic. Où est-ce que ze signe ?

– En bas à droite, répondit le chat en faisant apparaître un stylo au bout

de sa patte (avec un petit nuage soufré).

L'enfant prit le stylo et signa le contrat en se bouchant le nez de l'autre main.

– Frincemint, ton stylo ne sint pas la rose ! nasilla-t-elle.

– Ça passera, dit le chat en récupérant le stylo et en l'escamotant d'un geste. Et maintenant, examinons notre contrat.

Il le lut à voix haute :

– « *Je soussignée Soizic Le Floch, saine de corps et d'esprit, déclare céder mon âme à Maître Belzébuth lorsque ma dernière heure viendra. Fait au cimetière Saint-Patrick le 25 avril. Signé : Soizic.* » Tout est en ordre.

– Attends, dit Soizic soudain troublée. Ze voudrais que tu répètes.

– Je lisais notre contrat, dit le chat en le faisant disparaître dans l'épaisseur de sa fourrure.

– Ze n'ai pas bien compris ce que tu disais à propos de mon âme...

– Que tu la cédais à Maître Belzébuth en échange de la satisfaction de tes désirs. C'est ce que tu as signé.

– Et ze lui ai donné mon âme ?

– Oui. Mais rassure-toi. Nous ne la réclamerons qu'à ta mort.

– Ah ?

– Bon, abrégea le chat. J'ai à faire. Tu m'excuseras de te quitter.

– Heu oui, heu...

Soizic était abasourdie. Elle avait vendu son âme au diable sans s'en rendre compte. Elle commençait à regretter.

– Z'aimerais bien, murmura-t-elle, qu'on déchire le contrat.

– Impossible, coupa le chat. Le contrat ne peut être annulé qu'en cas de non-respect de l'engagement.

– Qu'est-ce que ça veut dire ?

Le chat s'impatientait.

– Eh bien, expliqua-t-il, le contrat serait annulé si je ne parvenais pas à exaucer tes souhaits. Mais rassure-toi, poursuivit-il avec un miaulement ironique, je ne m'engage pas à la légère. Ils le seront tous !

– Ah...

– Je te salue bien ! lança le chat.

Il exécuta un saut périlleux arrière sur la pierre tombale et disparut en l'air dans un tourbillon de fumée.

Une forte odeur de soufre fit reculer la fillette.

– Holà ! Gros çat noir ! Où es-tu ? appela-t-elle.

Le chat était parti. Soizic restait seule. Le soleil couchant rougissait les tombes du cimetière. Des voix se faisaient entendre comme un murmure flottant qui provenait des fosses. Tout le monde savait cela dans le quartier ; les défunts du cimetière Saint-Patrick parlaient. Soizic ne les entendait pas très bien, mais des mots lui parvenaient :

– Hou... hou... vendu son âme à Belzébuth...

– Hou... hou... elle sera damnée...

Tristement, Soizic referma le coffret aux pièces d'or et le cala sous un bras. Elle se mit en marche dans l'allée. Les morts disaient vrai. Elle avait échangé son âme contre la satisfaction de ses désirs, donc elle serait damnée sa dernière heure venue. Des diables feraient rôtir son âme en enfer sur une broche. Ils l'arroseraient d'huile bouillante. Ils la piqueraient de leurs fourches en hurlant. La fillette, tourmentée, atteignit la grille du cimetière, son coffret serré sous un bras. De sa main libre, elle entortillait anxieusement ses cheveux à ses doigts.

– Aïe ! dit-elle.

Elle venait de s'arracher trois cheveux. Trois cheveux courts et noirs qui poussaient près de sa tempe. Trois cheveux noirs... Noirs ? Mais ? Soizic s'immobilisa. Elle venait d'avoir une idée !

Les morts commentaient, dans les tombes :

– Hou... hou... qu'est-ce qu'elle fait ?

– Hou... hou... elle quitte le cimetière... elle dépose son coffret d'or contre le mur extérieur... elle revient... ses yeux brillent... elle appelle le chat...

– Gros çat noir ! appelait l'enfant en effet, mais le chat ne se montrait pas.

Alors elle s'arrêta près de la tombe où

il lui était apparu. Elle reprit son souffle et son calme, et elle réfléchit en silence. Il y avait une formule à dire. Soizic tapa du talon par terre. Le chat ne lui avait pas recommandé de le faire, mais elle savait à présent d'où venait cette bête maudite. Elle cria :

– Viens me voir / Beau çat noir !

L'animal surgit dans un tourbillon soufré.

– Tu m'as convoqué ? miaula-t-il.

– Oui. Ze voudrais savoir ce qui se passerait si tu ne réussissais pas à satisfaire mes souhaits.

– Impossible.

– D'accord. Mais qu'est-ce qui se passerait si zamais tu ne réussissais pas ?

Le chat soupira :

– Si j'échouais trois fois de suite, le contrat serait rompu automatiquement. Mais c'est impossible.

– Bon, admit la fillette. Ze voudrais souhaiter quelque çose.

– Arrache-moi un poil.

Soizic avança la main. Elle choisit un poil du chat et tira dessus un petit coup sec, mais sans l'arracher, juste pour que l'animal le sente. En même temps, elle fit passer un de ses cheveux arrachés de sa main gauche dans la droite. Elle l'exhiba.

– C'est fait !

– Maintenant, rappela le chat d'un air blasé, récite la formule sans te tromper.

– Oui, approuva Soizic. Ze dis la formule et ze souffle sur le poil ?

– C'est cela, acquiesça le chat noir en bâillant.

La fillette approcha le cheveu de ses lèvres.

– Poil de çat s'envole / Devient poupée en touçant le sol ! dit-elle.

Elle souffla sur le cheveu qui flotta en l'air deux secondes avant d'atterrir. Et alors... il ne se passa rien du tout !

– Mais ? fit la fillette.

– Quoi ? bâilla le chat, l'air indifférent.

Il comprit soudain que le coup venait de rater. Les morts murmuraient dans le cimetière.

– Que se passe-t-il, nom de diable ! cria le chat. Tu as bien soufflé sur le poil ?

– Et z'ai dit la formule !

– Recommence ! exigea le chat. Et tâche de ne pas commettre d'erreur cette fois !

– Mais ze n'ai pas commis d'erreur ! protesta l'enfant. Z'ai dit : « *Poil de çat s'envole / Devient poupée en touçant le sol !* » Zuste ce qu'il fallait dire !

– Taratata ! pesta le chat, et sa face prenait parfois l'apparence humaine. Je

n'étais pas attentif, mais tu t'es trompée quelque part !

– Non !

– Recommence ! Arrache-moi un second poil !

L'animal arrondissait le dos. Soizic avança la main et, comme précédemment, elle tira sèchement sur un poil sans l'arracher, et lui substitua un deuxième cheveu.

– Bien, approuva le chat sans noter de différence. Maintenant approche-le de ta bouche...

– Beurk, fit la gamine en prenant l'air dégoûté. Ze n'aime pas du tout ton odeur de soufre...

– Aucune importance ! s'écria le chat avec agacement. Hâte-toi de prononcer la formule !

– Oui, oui. Poil de çat s'envole / Devient poupée en touçant le sol !

Soizic souffla sur le cheveu, qu'une petite brise emporta. Le chat noir le suivit des yeux jusqu'à ce qu'il se pose dans l'allée. Il s'apprêtait à triompher, une patte en l'air, mais la rabattit soudain car il n'était rien arrivé.

– Zut et zut ! cracha-t-il. Par Belzébuth ! Zut !

– Qu'est-ce qui se passe ? interrogea l'enfant d'un air naïf.

– Rien ! riposta le chat, et c'était hélas la vérité qu'il ne se passait rien, alors qu'il aurait dû se passer quelque chose. Par la barbe du Grand Cornu, zut et zut !

– Tu as dézà raté deux fois..., fit remarquer Soizic.

– La ferme !

– Encore un coup raté et le contrat sera annulé, rappela tout de même la fillette.

– Je le sais, postillonna le chat furieux. Fous-moi la paix !

– Moi ze voudrais bien zouer avec une poupée neuve, zozota Soizic afin de l'énerver davantage. Tu m'avais promis d'exaucer touzours mes souhaits, mais ze vois que tu n'y arrives pas !

– Si ! J'y arrive ! se défendit le chat. On va recommencer !

– Ce sera la troisième fois, insista Soizic.

– Oui ! Oui ! Par la barbe de Belzébuth ! Arrache-moi un poil ! Sélectionne-le derrière mon cou, là où poussent les plus sensibles !

La gamine opéra comme d'habitude. Le chat sentit la piqûre du poil tiré sèchement, il vit le poil entre les doigts de Soizic – mais c'était le troisième cheveu. Il vit l'enfant grimacer (à cause d'une odeur qui n'existait pas) et approcher le poil de sa bouche.

– Prononce bien la formule ! recommanda-t-il. « *Poil de chat s'envole / Devient poupée en touchant le sol !* » Articule !

– D'accord, accepta la fillette, et elle répéta en détachant les mots : Poil-de-çat-s'envole / Devient-poupée-en-touçant-le-sol.

Elle souffla sur le poil. Il flotta en l'air, suivi anxieusement du regard par le chat. Il tomba par terre et...

– Zut ! cria le chat.

– Perdu ! annonça Soizic. Pour la troisième fois !

Le chat noir poussa un miaulement douloureux. Quelque chose fumait dans sa fourrure. C'était le contrat qui prenait feu, annulé automatiquement. Vite l'animal se jeta dans l'herbe mouillée malgré sa répulsion pour l'eau. Il arracha le papier en flammes d'un coup de griffe, s'en débarrassa. La fillette regarda le contrat brûler comme un petit feu de joie tandis que les morts du cimetière murmuraient. Avec un juron, le chat fit le saut périlleux en arrière et disparut dans un tourbillon. Soizic recula. Malgré l'épouvantable odeur de soufre, elle voyait le contrat se tordre et se consumer en noircissant comme se serait tordue un jour son âme si elle n'avait imaginé le moyen de se tirer d'affaire. Quand il ne fut plus qu'une dentelle de cendre, elle le piétina et le réduisit en poussière...

– Hou... hou... la morveuse est futée... ! murmuraient les défunts.

– Encore plus futée que vous imazinez ! leur lança Soizic.

Elle quitta le cimetière. Logiquement,

puisque le contrat était détruit, le coffret aurait dû disparaître aussi. Mais le pouvoir du chat était limité aux cimetières, et l'enfant en avait sorti le coffret AVANT la rupture du contrat. Le coffret était toujours là, passé la grille, contre le mur extérieur. Soizic n'eut qu'à le soulever et se le caler sur l'épaule. Elle rentra chez elle très riche en jouant à la marelle tout au long du trottoir.

– Hou... hou...
le père est parti,
on va s'amuser !

LES GOBELINS MORDEURS

– Nous n'aurons pas assez de peinture, estima le père en reposant son pinceau. Je vais en racheter un pot à la droguerie.

– Est-ce que je peux continuer en t'attendant ? demanda Ronan.

Il aidait son père à repeindre la grille de fer qui encadrait la tombe du grand-père.

– Continue, accepta le père.

Il partit. Ronan se remit à l'ouvrage. La radio, à ses pieds, diffusait de vieilles chansons que le gamin fredonnait en même temps. Des voix s'élevèrent alentour :

– Hou... hou... le père est parti, on va s'amuser !

– Hou... hou... gare aux gobelins mordeurs !

Ronan ne se laissa pas impressionner.

– Occupez-vous de vos oignons ! lança-t-il aux défunts bavards.

– Hou... hou... c'est bon les oignons, avec du boudin !

– Hou... hou... c'est meilleur que les racines de pissenlits !

– Quels gourmands ! grommela Ronan, sans cesser de peindre.

Au coin de la pierre tombale, dans l'herbe encore humide après l'ondée, une petite chose bougea. Frrtt ! Plus rien.

– Hou... hou... gare aux gobelins rouges ! ricana une voix dans une fosse.

Des gobelins ? Ronan s'immobilisa, l'œil en coin. Frrtt ! Frrtt ! Deux taches rouges filèrent sous les herbes. Deux taches guère plus hautes que des cigarettes.

– Mais ? fit Ronan, éberlué.

Les gobelins écartèrent les herbes et bondirent ensemble sur une jambe de son pantalon en couinant.

– Holà ! cria Ronan avec un pas de recul.

Les gobelins étaient vêtus de rouge avec des faces rouges et des cheveux rouges. Ils grognaient, rotaient et pétaient.

– Ah ! Les malotrus ! protesta le gamin en se pinçant le nez.

– Hou... hou... c'est parti ! ricana un défunt.

– Hou... hou... les gobelins gobent l'autre ! s'esclaffa son voisin avec un mauvais jeu de mots qui pourtant fit rire tout le cimetière.

Mais Ronan ne s'amusait pas. Les vilains agrippaient son pantalon de leurs petits doigts griffus, et ils essayaient de le mordre à travers le tissu. Leurs frères accouraient en bande, comme sortis d'un terrier de lapin, et rotant, pétant, sautaient sur les baskets de l'enfant qui levait pourtant les genoux en l'air comme un marabout pour leur échapper.

– Hou... hou..., riaient les défunts, le morveux danse le rock'n roll breton !

– Aïe ! cria Ronan tout à coup, car un des petits agresseurs venait de lui mordre le mollet.

Une ribambelle de gobelins roteurs, parvenus sur la pierre tombale en se faisant la courte échelle, s'apprêtaient à se jeter sur lui. De la main, il gifla les parasites suspendus à ses poches, mais n'en fit chuter qu'un. Trois autres, grimpés sur une croix, lui sautèrent sur le pull-over en pétant comme des canonniers. Pouah ! Le gamin lâcha son pinceau et se mit à se trémousser comme une marionnette. Il se frappait des deux mains mais d'autres gobelins mordeurs arrivaient dans l'herbe à l'assaut de ses jambes. Les morts riaient :

– Hou... hou... le garnement ne danse pas en mesure !

– Hou... hou... si ce n'est pas malheureux de gigoter comme ça sur un air de valse !

En effet, la radio jouait *Le Danube bleu* tandis que Ronan se frappait les cuisses comme un rappeur. Il parvint tout de même à abattre deux petits péteurs qu'il piétina ensuite rageusement.

– Hou... hou... on dirait qu'il vient de marcher dans une crotte de chien ! fit un mort, et les autres pouffèrent de rire.

Les gobelins, cependant, envahissaient

Ronan comme une nuée de criquets. Ils criaient, gloussaient, crachaient, rotaient et pétaient comme des malappris. Pour les faire tomber, il aurait fallu une secousse brutale.

– Attendez voir, mes gaillards ! gronda le garçon entre ses dents.

Il monta sur la tombe du grand-père, grimpa tout en haut de la pierre verticale qui portait le nom du défunt. Dans l'herbe, la radio chantait : « *Boum ! Quand notre cœur fait boum !* »

– Ça ne va pas tarder à faire boum ! grommela Ronan, l'air méchant.

Et soudain il sauta. Comme il se trouvait à un mètre cinquante de hauteur, le choc fut violent à l'atterrissage.

Les gobelins mordeurs lâchèrent prise. Le gamin les écrabouilla à grands coups de talons : plaf ! plaf ! plaf ! Les gobelins rotaient en pétant, d'autres même pétaient en rotant, mais plaf ! plaf ! Ronan les aplatissait comme pâte à modeler. Ils finirent par fuir en débandade, et Ronan resta victorieux.

– Hou... hou..., commentaient les morts, il en a rétamé une vingtaine !

– Hou... hou... une chance pour eux qu'ils se reconstituent !

– Hou... hou... n'empêche qu'ils n'y reviendront pas de sitôt !

Ronan reprit son pinceau. La radio entonna un nouveau morceau de musique.

– Hou... hou... le *Boléro* de Ravel ! Ça, c'est de la musique ! appréciaient les défunts, et certains se frappaient les os en cadence pour accompagner l'orchestre.

Une voix rauque retentit :

– Qui donc a maltraité mes enfants ?

Et proutt ! Rreûû! Un gobelin péteur et roteur plus grand que les autres, à peu près haut comme un cigare, venait de se manifester à l'angle de la pierre tombale. Il était rouge et méchant. Les morts murmurèrent :

– Hou... hou... voilà le père gobelin !

– Hou... hou... on va s'amuser !

Le gobelin costaud venait de sauter sur la tombe. Il rota, péta. Le gamin vit sa trogne rouge, ses cheveux rouges et raides, ses dents pointues.

– Qui donc a démantibulé mes gobelins ? brailla-t-il.

– Moi ! revendiqua Ronan. Ça te défrise ?

– Oui ! cria l'autre.

Et il fondit sur le garçon en pétant comme un pistolet. Il ouvrait une bouche écumante comme s'il avait faim.

– Mange ! dit le gamin en étendant le bras qui brandissait le pinceau comme une épée.

Le gobelin étouffa une éructation : le pinceau venait de lui rentrer dans le bec jusqu'au gosier. Le vilain toussa, s'étrangla, de la peinture noire plein les gencives. Il péta de contrariété trois coups de suite.

– C'est de la peinture à l'huile ! commenta Ronan. Tu voudrais peut-être un peu de vinaigre avec ?

Il arracha le pinceau d'un coup sec. Le gobelin bavait, toussait, crachait.

– Pouah ! Beurk ! Ah ! Grr ! Rreû! Saloperie ! sanglotait-il.

Ronan lui badigeonna la face de peinture. Le gobelin fila piteusement dans l'herbe en pétant comme un rideau déchiré. Les morts riaient :

– Hou... hou... il est malin le morveux !

– Hou... hou... gare au grand-père gobelin !

– Qu'il y vienne ! le défia Ronan.

Alors il y eut une vibration de l'air comme lorsqu'il fait chaud, et un éclair lumineux obligea le gamin à cligner des yeux. Quand il les rouvrit, une espèce de gnome haut comme un marteau se tenait debout sur la pierre tombale.

Il était rouge, lui aussi, mais barbu, bossu, avec des bras trop longs pour son corps. D'un coup de patte griffue, il fit tomber le pinceau de la main de Ronan. De la bave lui suintait du menton et il pétait comme un pot d'échappement de moto.

– Et alors ? lança-t-il en rotant aussi fort qu'un klaxon de vieille voiture. On fait le brave ? Rrrreûûû!

Les défunts se tenaient cois. On n'entendait plus, en bruit de fond, que la musique du *Boléro* dans le cimetière. Le gnome dardait sur le gamin ses prunelles aussi fixes que des yeux de serpent. Il élargit les bras en avançant deux mains qui ressemblaient à des serres d'aigle. Il péta comme une grenade.

– Attrape celui-là ! fit-il.

– Et toi, attrape ça ! rétorqua Ronan.

Il lui jeta le contenu du pot de peinture noire à la face. Flac ! Le gnome cria, dégoulinant de peinture visqueuse. Il fermait les yeux. Ses bras moulinaient dans le vide. Ronan profita de l'avantage pour lui retourner le pot de peinture sur la tête en guise de chapeau. D'un coup de poing dessus, il y fit pénétrer le gobelin jusqu'à la taille. Proutt ! Proutt ! pétait le malotru, mais Ronan ne s'inquiétait pas de ça. Il avait sauté sur la pierre tombale, pris un peu d'élan, et shoota dans le pot comme s'il s'agissait d'un ballon. Le pot vola à quinze mètres.

– Un à zéro pour l'équipe de France ! triompha le gamin.

Là-bas, le gobelin s'extrayait difficilement du pot et fuyait en pétant comme des castagnettes.

– Bien le bonjour chez toi ! lui cria Ronan. Envoie-moi ton père si tu veux !

– Justement me voilà ! fit une voix criarde.

Et l'arrière-grand-père gobelin apparut, tout vieux et plus ridé que le cuir d'un vieux godillot. Ronan ne lui laissa même pas le temps de roter. Il attrapa le rouleau de ruban adhésif dont se servait son père pour protéger la pierre quand il peignait la grille, et le lui jeta au visage. Le gnome

essaya de l'arracher, mais Ronan le fit tourner tout autour de lui pour l'embobiner. Le vilain fut bâillonné, englué, ficelé, emmailloté en même pas trois secondes. Il avait l'air d'un saucisson.

– Et voilà le travail ! s'exclama Ronan en coupant le ruban adhésif.

Alors il prit la règle plate de son père, la posa à moitié sur la pierre tombale, l'autre moitié au-dessus du vide. Il plaça le gnome empaqueté sur cette partie libre.

– Hou... hou..., murmuraient les morts impressionnés, qu'est-ce qu'il va tenter ?

Ils ne tardèrent pas à comprendre. Le gamin banda la règle à la façon d'un ressort tandis qu'il maintenait la partie à plat sur la pierre en pesant dessus de tout son poids. Quand il lâcha la partie souple, elle se détendit comme une catapulte. Le gobelin empaupietté s'envola par-dessus

les ifs. Les morts éclatèrent de rire, on entendait le cliquetis de leurs mâchoires dans les fosses. Et puisque la radio achevait le *Boléro*, Ronan salua. Il fanfaronna :

– Les gobelins sont minables ! Ils veulent péter plus haut qu'ils ont le derrière ! Ils ne sont pas assez forts pour moi ! Ils peuvent même m'envoyer leur patron s'ils veulent !

– Hou... hou... non, murmura la foule des défunts, apeurée.

Au même instant, il y eut un grésillement, puis un éclat de lumière foudroyant. Cette fois, ce ne fut pas un gobelin qui fit son apparition, mais un diable rouge et cornu. L'affreux poussait des couinements perçants :

– Ah ! Tu n'as donc peur de rien, chenapan !

– Je n'ai pas peur de toi ! riposta le

gamin en se munissant du rouleau de ruban adhésif.

Le diable ricana :

– Si tu crois me capturer comme tu t'es joué de mon serviteur, tu te mets le doigt dans l'œil !

Il lâcha un pet de fanfare et disparut. Il reparut à l'autre extrémité de la pierre tombale en rotant. À deux reprises, Ronan essaya de le scotcher, mais l'autre s'éclipsa sur un pet et resurgit ailleurs avec un gros rot. Le diable éclata de rire :

– Un pet me fait disparaître, un rot me ramène ! Rrreûuu ! Ça t'en bouche un coin, chenapan ! (Et il répéta, histoire de souligner qu'il faisait un jeu de mots :) Satan bouche un coin, hein ? Satan ! Tu as compris ?

Et proutt ! Il péta comme un ophicléide et Ronan ne le vit plus. La radio diffusait

une chanson douce. Elle fut interrompue soudain par la voix aiguë du diable :

– Ah ! Ah ! Il me cherche partout, l'abruti !

Et, toujours invisible, il se mit à chanter lui-même affreusement faux. Le gamin comprit subitement qu'il se cachait dans le poste ! Il se laissait porter par les ondes électriques parce qu'elles amplifiaient sa voix ! Mais, du même coup, ne le forçaient-elles pas à s'y enfermer ? Ronan n'hésita pas ! Il arracha le petit couvercle latéral et ôta les piles de l'appareil. Résultat : plus rien ! Le silence ! Le diable ne reparaissait pas. En revanche, la radio se mit à vibrer, à trembler. Les morts s'interrogeaient :

– Hou... hou... où est passé le diable rouge ?

– Il est dans l'appareil ! les renseigna

Ronan. J'ai coupé le contact et les ondes ! Il ne peut plus ressortir ! Et je vais lui faire prendre un bain !

La radio sous le bras, il gagna la sortie du cimetière. Le soleil couchant étirait son ombre. Le garçon franchit la grille et se dirigea vers l'église Saint-Patrick. La radio s'agitait. C'est en la cramponnant des deux mains que Ronan entra dans l'église. Le curé y était, seul, en train d'épousseter la statue de saint Guirec.

– Bonjour, Ronan ! fit-il. Qu'est-ce qui t'amène ?

– Monsieur le curé, j'ai capturé un diable. Il est très méchant.

– Dans ta radio ? s'étonna le curé en souriant.

– Oui. Voyez comme il se débat !

– En effet, constata le curé qui pensait que Ronan s'amusait.

– Je vais lui faire prendre un bain pour lui apprendre les bonnes manières !

– Hum. Je ne sais pas si ton idée est bonne, objecta le curé. Je ne pense pas que les radios aiment l'eau.

– Je vais le tremper dans le bénitier, annonça Ronan sans tenir compte de l'observation. L'eau est bien bénite ?

– Assurément. Mais... Tu ne vas pas faire de sottises ?

Il croyait que l'enfant jouait. Il ajouta :

– Si ça te fait plaisir, je peux dire une prière...

Il fit un signe de croix au-dessus du bénitier en psalmodiant des mots latins. L'appareil radio gigotait, gigotait, le diable devait se débattre à l'intérieur comme un frelon dans un bocal. Le garçon avait toutes les peines à tenir l'appareil. Ses bras se tendaient soudain, se

repliaient, partaient à droite, en l'air, en bas, à gauche, comme tirés brutalement par une force invisible. Le curé s'étonna.

– Mais... dit-il. Qu'est-ce que... ?

– Reculez, monsieur le curé ! s'écria Ronan qui n'arrivait plus à maîtriser la radio.

Il la jeta dans l'eau.

– Ronan, commença le curé, explique-moi ce que...

– Reculez ! Reculez ! répéta Ronan en reculant lui-même de six bons pas.

Dans le bénitier, l'eau bouillonnait. Des bulles crevaient à sa surface, de la vapeur montait...

– Mais l'eau bout !... s'écria le curé en faisant un nouveau signe de croix.

Un sifflement se fit entendre, qui provenait en glougloutant de l'appareil immergé.

– C'est le diable rouge ! chuchota

Ronan. Il commence à être mal à l'aise !

Le sifflement devint plus aigu, comme un cri de locomotive. Le curé balbutia, très ému :

– Mais... mais qu'y a-t-il dans cet appareil ?

– Un diable péteur ! Attention !

Le sifflement s'amplifiait. Soudain, il éclata en un hurlement effroyable. L'eau jaillit en l'air comme celle d'un geyser. Le diable rouge fusa en pétant hors de la radio comme un obus de mortier. Il creva la voûte de l'église. Une myriade de monstres inimaginables le poursuivaient dans une cacophonie de cris assourdissants. En quelques secondes, tout fut terminé. Les tuiles dégringolaient du toit éventré avec des gravats poussiéreux tandis qu'une odeur pestilentielle empuantissait l'église Saint-Patrick...

– Cette fois, annonça Ronan, le diable a filé ! On lui a tanné la peau !

– Heu... oui... heu..., bredouilla le curé en s'épongeant la sueur du front avec son mouchoir.

Au fond du bénitier, il n'y avait plus d'eau. L'appareil radio avait explosé, et fondu. Le gamin consulta sa montre :

– Il faut que j'aille finir de repeindre la grille de la tombe de grand-père.

Il revint au cimetière où il fut accueilli en triomphe :

– Hou... hou... il a mis en déroute les gobelins mordeurs !

– Hou... hou... il a vaincu un diable péteur !

Les morts applaudissaient. Ronan saluait en joignant les poings au-dessus de sa tête à la manière des champions de boxe. Mais il ne disait rien. Il pensait au pot de peinture renversé sur la tombe (avec des taches partout), au pinceau brisé, au ruban adhésif gaspillé, au transistor perdu, et à son père qui l'attendait au bout de l'allée, les mains sur les hanches. Dans ces conditions, n'est-ce pas, difficile d'envisager de faire « mieux » la prochaine fois !

*Lannik
était trempé
et furieux.*

LES DÉFUNTS S'AMUSENT

COMME il marchait la tête en l'air en admirant l'arc-en-ciel, Lannik buta contre une aspérité du sol, et il s'affala dans une flaque d'eau. Il était trempé et furieux. En même temps, il entendit cent éclats de rire autour de lui, c'étaient les morts qui s'esclaffaient. Lannik se releva.

– C'est malin ! maugréa-t-il en serrant les poings.

Il avait baissé les yeux : une espèce de racine blanchâtre dépassait du sol boueux. Cette racine poussait ! Et même, l'extrémité d'une autre racine pointa hors de terre à côté. Le garçon, médusé, vit surgir le bout d'une troisième, d'une quatrième, et d'une cinquième racine. Elles défouissaient ensemble et grandissaient, et voilà qu'elles avaient un tronc commun...

– Ah ! cria Lannik avec un pincement au cœur. Une main !

C'était une main décharnée qui s'extirpait du sol mouillé. Elle était suivie d'un poignet osseux et d'un avant-bras squelettique enveloppé de haillons en putréfaction. Et soudain, la terre enfla, soulevée par-dessous. Elle creva comme une taupinière. Mais ce ne fut pas une taupe qui en sortit, ce fut une épaule bandée de lambeaux d'étoffe dégoûtants et une face atroce aux orbites vides, à la peau marouflée sur les os, aux dents jaunies. C'était un mort, qui prit appui sur son bras pour dégager son torse et le second bras et

s'arracher du sol entièrement. L'horrible personnage se redressa, épousseta ses loques grouillantes de vermine. Lannik recula.

– Bien le bonsoir, gamin ! dit le mort avec un rictus.

Lannik recula encore. Mais à droite, un deuxième cadavre s'extrayait de terre, aussi terrifiant que le premier. Lannik pivota pour fuir. À gauche, un troisième défunt se dégageait du sol. Lannik se retourna au bruit d'un quatrième soulevant sa pierre tombale pour prendre l'air. Le premier mort ricana :

– Coincé, gamin !

– Laissez-moi passer ! s'écria Lannik.

– Nous avons tout notre temps ! grommela le mort. Et même l'éternité !

Il se courba, attrapa sa pierre tombale par le bord et la retourna comme une femme de chambre un matelas. Il la fit retomber de l'autre côté. Braff ! La dalle s'abattit dans l'allée en éclaboussant les chapelles voisines.

– On ne peut pas s'imaginer comme c'est long, l'éternité, quand on est en vie ! ajouta le troisième défunt occupé aussi à ouvrir sa tombe.

Braff ! La dalle de granite retournée s'aplatit sur une autre allée, coupant la retraite au garçon. Il tourna casaque mais le dernier mort venait de soulever sa dalle et de la retourner comme une crêpe. Braff ! Lannik se trouvait au milieu d'un carré affreux dont les quatre sommets étaient les quatre fosses grandes ouvertes. Les quatre « occupants » se dandinaient mollement à côté. Ils flottaient au ras du sol. Lannik s'efforça de respirer pour retrouver son calme.

– Qu'est... Qu'est-ce que vous voulez ? demanda-t-il.

– On s'ennuie, grommela le premier mort. On a besoin d'animation. On est des défunts animés !

Et il éclata de rire, imité par toute la population du cimetière. Lannik, lui, ne riait pas. Il regardait le soleil s'abaisser derrière le clocher de l'église et il avait peur. Le mort insista :

– Tu n'as pas compris le jeu de mots ? « Des défunts animés » ! Comme Mickey !

– Heu..., fit Lannik.

– Quelle andouille ! dit le deuxième mort. Il n'a jamais vu de « défunts animés » !

– Heu non, reconnut Lannik sans repérer le jeu de mots entre « défunts » et « dessins » animés.

Le premier mort renifla avec mépris :

– Les enfants d'aujourd'hui n'ont pas de culture !

– Ils ne connaissent même pas leur *A-B-décès* ! lança le troisième mort en pouffant de rire.

– Pardon ! protesta Lannik. La culture, je sais ce que c'est ! Ça consiste à faire pousser les plantes ! (Et comme sa réplique déclenchait une onde d'hilarité dans le cimetière, il se rebiffa :) Parfaitement ! À faire pousser les plantes !

– Les plantes des pieds ? ricana le premier mort, et tout le cimetière s'esclaffa.

– Non, monsieur ! Les plantes des jardins et des champs ! Le blé ! L'avoine ! Le maïs ! Le sarrasin pour faire des galettes !

– Laisse tomber ! fit le troisième mort.

– C'est ce que je vais faire ! s'écria

Lannik. Parce que vous êtes méchants ! (Et ce fut son tour de lancer un jeu de mots :) Je vais vous « planter » là !

Il prit de l'élan pour partir. Mais les quatre cadavres barraient les quatre allées en se dandinant dans leurs suaires terreux. Les orbites vides de leurs yeux effrayaient le garçon. Le premier mort écarta les bras, des vers rampaient sur ses guenilles.

– Nous allons jouer aux quatre coins ! dit-il. Ça nous distraira !

– Je refuse de jouer avec vous ! protesta Lannik.

– Oh le vilain vivant ! ricana le cadavre. Peut-être préfères-tu jouer à la pétanque ?

Et le voilà qui lève les bras, qui saisit son crâne dans ses mains osseuses, qui le dévisse comme une boule de rampe d'escalier...

– Ah ! cria le gamin subjugué.

– Attrape ! Hop !

Le mort venait de lancer sa tête au troisième défunt juste par-dessus celle de Lannik. Le crâne ricanait tout seul. Il passa en sifflant au ras des cheveux du garçon et le troisième mort l'attrapa. Il la lança au deuxième mort, qui le renvoya en diagonale, par-dessus le gamin, au mort numéro quatre. Ce dernier, soulevant une jambe, fit passer le crâne par-dessous et le restitua au propriétaire. Tout le cimetière applaudit.

– Ça c'est du sport ! approuva le premier mort en se revissant la boule sur les vertèbres du cou.

Le troisième défunt se mit à sauter à cloche-pied sur sa dalle de pierre :

– Et si on jouait au golf ?

Il se démit le fémur gauche, l'empoigna

comme un club et frappa un pot de fleurs qu'il pulvérisa. Les éclats du pot, la terre et les chrysanthèmes volèrent en direction de Lannik, et les morts crièrent d'enthousiasme dans les tombes. Le gamin avait croisé les mains devant lui pour se protéger. Les fleurs heurtèrent son bras avec leur carotte de terre accrochée aux racines, puis elles tombèrent par terre. L'enfant leur flanqua un coup de pied pour les renvoyer à l'expéditeur. Elles filèrent en direction de sa face abominable, et il fit un écart pour les éviter. Mais comme il avait oublié qu'il se tenait sur sa jambe droite seulement, il perdit l'équilibre et s'effondra. Les morts riaient. Lannik triompha :

– Quand on ne tient pas debout, on marche à quatre pattes !

Le mort se relevait en grognant. Il se recala le fémur dans le bassin tandis que les défunts du cimetière échangeaient leurs commentaires :

– Hou... hou... le gamin a raison, achète-toi des béquilles !

– Hou... hou... marche sur les mains !

– La barbe ! protesta le troisième mort.

Et de colère, il cracha sur un feu follet qui passait devant lui en dansant. La flamme, soufflée, poursuivit son chemin en ligne droite au-dessus d'une chapelle puis, retrouvant son rythme, se remit à voler comme un papillon ardent. Le premier mort poussa un cri :

– Ça me donne une idée !

Et il souffla de toutes ses forces sur un autre feu follet qui folâtrait. La flammèche fonça droit devant elle en direction de Lannik. Le garçon la vit arriver sur lui. Il sauta de côté pour l'éviter. Elle passa près de sa joue droite et poursuivit sa trajectoire derrière lui. Le quatrième mort, la voyant venir, approuva :

– Bonne idée ! Une partie de tennis avec le gamin au milieu !

Il souffla sur la flamme à son tour pour la renvoyer. L'enfant, alerté par son cri, se retourna, s'accroupit en sursaut. La flamme, de retour, effleura ses cheveux.

Les morts du cimetière se réjouissaient, leurs mâchoires claquaient, alors que la flamme atteignait le défunt opposé, qui prit un malin plaisir à lui faire rebrousser chemin. En même temps, le deuxième mort avait trouvé le moyen de compliquer le jeu en soufflant sur un autre feu follet qui flottait à sa portée.

– Attrape celui-là en prime ! cria-t-il.

Lannik dut affronter deux feux. Il se tordit à droite, se releva en pirouettant à gauche. Les deux flammes passèrent,

l'une au-dessus de ses cheveux, l'autre au ras de son épaule. Les morts se divertissaient :

– Hou... hou... Père, gardez-vous à gauche ! Père, gardez-vous à droite ! disaient-ils pour imiter le dauphin à la bataille de Poitiers pendant la guerre de Cent Ans.

– Et si on ajoutait une flamme ? suggéra le quatrième cadavre.

Sitôt proposé, sitôt fait. Trois flammes filèrent en tir tendu entre les quatre joueurs, qui se les renvoyaient gaiement. Au centre, leur cible se contorsionnait comme un tire-bouchon pour leur échapper.

– Je veux partir ! Laissez-moi partir ! suppliait l'enfant.

– On a le temps, il n'y a pas le feu ! répliqua le premier mort, et la repartie mit en joie tout le cimetière qui se la répéta d'une tombe à l'autre.

Le feu ! Lannik l'évitait de son mieux. Mais à force de l'éviter, une petite idée vint lui chatouiller la cervelle. Il s'immobilisa. Deux flammes venaient vers lui pendant qu'une autre volait vers un défunt prêt à la propulser en retour dans sa direction.

– Tant pis ! dit le gamin. Vous l'aurez voulu !

Il tira de sa poche sa collection d'images de footballeurs, en prit une moitié en éventail dans une main, garda l'autre moitié dans l'autre. Il les éleva comme deux raquettes. Pff ! Pff ! Les deux flammes heurtèrent les images et s'y accrochèrent ! Elles y brûlèrent bien vite entre les mains de l'enfant...

– Hé ? fit le premier mort. Qu'est-ce que...

De surprise, il laissa filer une flammèche qui arrivait vers lui, au lieu de la retourner à son partenaire.

– Qu'est-ce qui se passe ? répétèrent les trois autres joueurs.

Et le dernier feu follet, en perdition, alla s'écraser sur une pierre tombale.

– Qu'est-ce qui se passe ? murmurèrent les défunts dans toute l'enceinte du cimetière.

Lannik brandissait les deux éventails enflammés.

– À moi de jouer, mes amis ! dit-il.

Il jeta un jeu d'images dans la fosse ouverte du premier cadavre.

– Non ! Pas ça ! protesta le défunt. Tu vas incendier mon cercueil !

Les images chutaient dans la fosse en voltigeant comme des feuilles mortes en flammes. Lannik se débarrassa du second

éventail dans la fosse du troisième défunt.

– Non ! Non ! s'alarma l'autre. Pas ça !

– Mon cercueil brûle ! criait le premier mort. Un cercueil capitonné de velours !

Il se laissa choir dans sa fosse pour éteindre les images incendiaires. Le troisième cadavre sauta dans la sienne. Des deux côtés, la voie était libre, à présent. Lannik se mit en marche tranquillement, dépassa les fosses illuminées par les incendies. Il salua à droite et à gauche en soulevant un chapeau imaginaire :

– Si vous voulez alerter les pompiers, composez le 18 !

Et il s'en alla. Les deux autres cadavres se dandinaient sans mot dire sur leurs dalles de pierre. Ils n'esquissèrent pas un geste pour retenir l'enfant, qui se retourna.

– Alors, les « défunts animés » ? lança-t-il. Vous avez perdu votre sens de l'humour ?

Il quitta le cimetière en chantant un air de sa composition qui parlait de « *maccha-bées... tises, porteurs de gros sacchabé-pardon sacs à bê... tises* », et qui se terminait par ces paroles suprêmes : « *Mais qui qui leur fait la nique ?... C'est Lannik !* »

– C'est une tombe qui porte malheur, affirma Corentin.

LES TREIZE CHAMPIGNONS DU FANTÔME

GUERN et Corentin étaient dans le cimetière. Il avait plu, des flaques d'eau reflétaient les tombes alors que le soleil revenait lécher les feuillages argentés des arbres.

– Tu as vu la tombe au bout de l'allée ? demanda Guern.

– Celle après la lanterne des morts ?

– Oui, derrière les cyprès.

– C'est une tombe qui porte malheur, affirma Corentin. Mon grand-père me l'a dit.

– Qui porte malheur ? fit Guern, d'un ton peu convaincu.

– La tombe est maudite. C'est celle d'un sorcier.

Guern haussa les épaules :

– Ça n'existe pas, les tombes maudites.

Un murmure de protestation s'éleva dans le cimetière. C'étaient les morts qui se manifestaient, mais Guern ne se laissa pas impressionner :

– D'abord, je sais quoi faire contre les malédictions des morts ! Tu t'approches de la tombe avec un cadavre d'animal, n'importe quel animal, et tu le jettes en disant : « *Attrape ça, fantôme, et laisse-moi tranquille !* » Le mort est obligé de t'épargner.

– À cause du cadavre d'animal ?

– Justement ! Il reçoit le cadavre en pâture, et il est content. Je l'ai lu dans un livre...

Les défunts du cimetière murmurèrent. On ne comprenait pas leurs propos, mais ils n'avaient pas l'air d'accord.

Corentin fit une moue sceptique :

– Je crois que ton histoire, c'est de la blague.

– Je l'ai lue à la bibliothèque !

– Et, raisonna Corentin, en admettant que la formule soit bonne, où trouveras-tu le cadavre d'animal ?

– J'ai vu un pigeon crevé dans le caniveau avant d'arriver au cimetière. Je vais le ramasser !

Guern fit volte-face en direction de la sortie.

Une seconde indécis, Corentin le rattrapa :

– Attends-moi ! Où est-ce qu'il était, ton pigeon ?

– Près de la grille. Sûrement percuté par une voiture.

Derrière les enfants, les morts bavardaient d'une fosse à l'autre :

– Hou... hou... qu'est-ce qu'ils ont l'intention de faire ?

– Hou... hou... de ramasser un pigeon crevé...

– Hou... hou... pour le jeter en pâture à Kadiou !

– Hou... hou... ils sont fous ?

– Hou... hou... nous étions comme eux à leur âge...

Les garçons n'écoutaient pas. Ils avaient repoussé la grille grinçante et firent quelques pas sur le trottoir en direction de l'église. Corentin freinait le mouvement.

– Tu ne crois pas que nous ferions mieux de..., commença-t-il.

– Non !

– Et si tu as mal lu la formule ?

– Pas de problème, le tout est de trouver le pigeon et d'en faire cadeau au fantôme pour...

Il s'interrompit et poussa une exclamation satisfaite :

– Le voilà ! Regarde ! Il est à peine abîmé !

Il saisit l'extrémité d'une aile de l'oiseau dans la main droite, l'extrémité de l'autre aile dans la main gauche, et présenta le pigeon ouvert comme en vol à son camarade :

– Il est beau, hein ?

– Il est... il est mort ? vérifia Corentin, ému.

– Tout à fait ! confirma Guern en repliant les ailes pour porter l'oiseau sur une main.

Le cou pendait.

– Suis-moi !

Guern revint au cimetière. Corentin lui emboîta le pas sans empressement. Guern se retourna :

– Alors tu viens ?

– J'arrive.

Le soleil astiquait les dalles de marbre et de granite des tombes. Un ciel rose tendait par-dessus la ville un magnifique arc-en-ciel. Le cimetière paraissait accueillant, un peu comme un jardin. Cependant, des chuchotements et des murmures flottaient çà et là comme des nappes de brume. Corentin posa la main sur l'avant-bras de son camarade :

– Écoute ! Ce sont les morts qui parlent...

– Ce sont des bavards ! riposta Guern. Ils feraient mieux de se taire.

Des protestations s'élevèrent :

– Hou... hou... le garnement n'a donc peur de rien ?

– Hou... hou... les enfants d'aujourd'hui n'ont de respect pour personne !

Guern haussa les épaules. Il emprunta l'allée qui conduisait à la lanterne des morts, passé la haie des cyprès.

– La tombe est au bout. Tu viens ?

– Je ne sais pas si c'est prudent..., hésita Corentin.

– Amène-toi ! Il n'y a pas de danger !

Mais Corentin secouait la tête. Il s'arrêta :

– Il ne faut pas s'approcher de cette tombe. Mon grand-père me l'a défendu.

Les morts approuvaient.

– J'irai tout seul ! dit Guern.

Il reprit le pas hardiment.

Les défunts tentaient de le mettre en garde :

– Hou... hou... n'approche pas de cette tombe ! Elle porte malheur !

– Ridicule ! dit Guern, et, d'un geste, il balaya les remarques comme on déblaie un bureau vite fait en jetant ce qui est dessus à la corbeille.

Corentin l'appelait, à distance :

– Guern ! Reviens !

Guern avait dépassé la lanterne des morts, contourné les cyprès encore humides. Il parvint au pied de la tombe. Elle était ancienne, moussue et couverte de lierre. À la place de la croix, une espèce de figure de pierre à cinq branches recourbées en cornes de bélier couronnait son chevet. Guern s'efforça de déchiffrer l'inscription dans le granite bleu :

– « *Kadiou Karabik... 1782-1939... Sorcier...* », lut le gamin à voix haute, et dans sa tête, il effectuait la soustraction : 1939 moins 1782, ça fait heu... Je pose 5 et je retiens 1 heu... 157 ans ? Ce n'est pas possible !

Il reluquait la tombe, l'esprit occupé par les dates et par le calcul de l'âge du défunt. Il mit un certain temps à repérer les deux grands yeux mauvais qui dardaient sur lui leurs prunelles jaunes à travers la pierre funéraire.

– Holà ! fit-il, surpris. Qu'est-ce que c'est que ça ?

Un visage sournois se précisait peu à peu, bien qu'il demeurât transparent. Un rire retentit, fort désagréable. Guern eut un frisson.

– Voilà le fantôme, dit-il.

Et il jeta le pigeon sur la pierre tombale en criant sa formule :

– Attrape ça, fantôme, et laisse-moi tranquille !

Et alors, en effet, le visage s'estompa et le rire s'atténua. Guern resta planté devant la tombe tandis que son camarade

Corentin s'approchait jusqu'à la lanterne des morts.

– Ça va, Guern ? demanda-t-il.

– Oui. J'ai donné le pigeon au fantôme.

Les avis des habitants du cimetière étaient partagés, on les entendait se quereller. Certains prétendaient que le sorcier devait se contenter du pigeon, d'autres qu'il ne le ferait sûrement pas. Une voix monta de la tombe maudite :

– Gamin, tu m'as fait un cadeau ! Il est juste que je t'en fasse un pour te remercier !

Les défunts protestèrent :

– Hou... hou... non ! Non !

Mais la voix enchaîna :

– Tu vois les treize champignons à droite de ma tombe ?

Guern tourna la tête. Un crapaud pustuleux s'enfuit lourdement derrière un ensemble de champignons bruns.

– Heu, oui, répondit Guern. Je les vois...

– Cueille-les. Mange-les. L'un d'eux t'apportera la richesse, mais il faut qu'il mijote avec les douze autres, et je ne te dirai pas lequel c'est...

– Heu..., fit Guern...

– Et si tu les jettes au lieu de les manger, poursuivit la voix, je te jure que tu le regretteras !

Les morts murmuraient. Un souffle de vent brutal vint fouetter les cyprès. Il fit soudain froid près de la tombe.

– Et maintenant va-t'en ! cingla la voix.

– Heu oui heu...

Le gamin cueillit les champignons. Le vent forcissait, les cyprès ployèrent. Les cheveux et les vêtements de Guern flottèrent derrière lui. L'enfant, les bras chargés des champignons, se sentit repoussé en arrière jusqu'à la lanterne

des morts où son camarade l'attendait...

– Alors... ? demanda Corentin.

– Il m'a fait cadeau de treize champignons..., dit Guern.

– Jette-les ! conseilla Corentin.

– Impossible...

Cependant, le vent mollissait. Les morts jasaient. Certains interpellaient carrément le jeteur de sorts :

– Hou... hou... tu ne peux pas faire ça, Kadiou !

– Hou... hou... tes champignons sont vénéneux !

– Je fais ce qui me plaît ! lança la voix en réponse, et le vent siffla.

– Hou... hou... le gamin ne cherchait pas à t'offenser ! reprit un défunt.

– Il m'a insulté ! cria la voix du sorcier. Il a jeté un pigeon crevé sur ma tombe ! Un pigeon !

– Hou... hou... il croyait que c'était l'usage, plaida le défunt.

– Hou... hou... pardonne-lui ! demanda un autre.

– Non ! refusa le sorcier. Il mangera les treize champignons ou je hanterai ses nuits ! Je libérerai mille monstres abominables sur son lit ! Je lui ferai subir des tourments qui le rendront fou !

Les deux enfants, consternés, se tenaient serrés l'un contre l'autre. Le vent tourbillonnait. De leurs tombes, les défunts essayaient d'amadouer le fantôme :

– Hou... hou... tu n'es pas juste, Kadiou !

– Pas juste ? s'écria le sorcier. Alors que je lui fais cadeau de la richesse dans un champignon !

– Hou... hou... mais tu le forces à le consommer avec douze autres qui l'empoisonneront ! Tu n'es pas juste, Kadiou !

Le sorcier poussa un juron. Le vent coléreux coucha les cyprès et les ifs du cimetière presque jusqu'à terre, renversa les pots de chrysanthèmes sur les pierres tombales.

– Hou... hou..., reprit le défunt qui avait déjà intercédé en faveur de Guern, autorise au moins le gamin à ne manger qu'un seul champignon !

Le vent cessa. Les enfants grelottaient de froid. La voix cinglante reprit, avcc un grasseyement ironique :

– D'accord ! Que le gamin ne mange qu'un champignon ! À lui de trouver le bon ! Ah-Ah-Ah !

La voix s'éteignit dans un éclat de rire. Le silence régna de nouveau sur le cimetière. Guern aligna les champignons sur une tombe de marbre.

– Ils se ressemblent tous, constata

Corentin. Sauras-tu retrouver celui qui n'est pas vénéneux ?

Guern soupira :

– Je n'aurais pas dû défier le fantôme...

Il commençait à mesurer les conséquences de sa témérité :

– Si je me trompe... Si je ne mange pas le bon champignon...

Il n'osait pas achever sa phrase.

– Pourtant, dit Corentin pour l'encourager, il doit y avoir un moyen de distinguer le bon champignon des mauvais. Regarde. Ils ne sont pas tous de même taille ?

– Hélas ! Ils sont semblables !

– Attends...

Corentin tira son canif de sa poche et l'ouvrit. Il piqua la lame dans les chapeaux de deux champignons pour comparer les chairs.

Guern soupira :

– Aucune différence, tu le vois bien... Les treize champignons sont identiques... C'est de la magie, même un pharmacien n'y verrait rien...

Les défunts murmuraient. Corentin replia son canif. Guern observait les champignons. Treize.

Ils étaient treize. Pourquoi treize ? Parce que le nombre porte malheur ? Faribole ! Un nombre est un nombre. Pourtant ? Treize. Impossible de composer une figure géométrique régulière avec treize champignons. À la rigueur, on pouvait les placer comme les douze inscriptions d'une pendule, et le treizième au centre. Mais lequel était le treizième ?

– Qu'est-ce que tu fais ? se renseigna Corentin.

Guern réfléchissait à voix haute :

– Il existe sûrement une solution... Une figure logique...

– Dispose les champignons en croix ? suggéra Corentin. Un au centre et trois sur chaque bras...

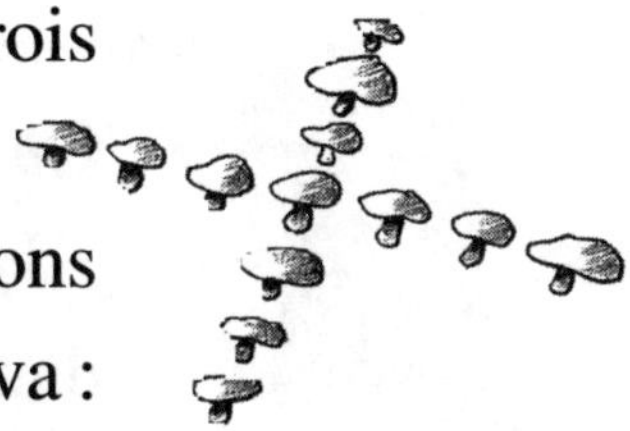

Il déplaça lui-même les champignons pour réaliser la figure. Guern approuva :

– Le champignon du milieu est sans doute le bon, là encore. Mais lequel est-ce ?

Il poussa un cri :

– Attends ! Le sorcier est mort à 157 ans ! Additionne les chiffres ! 1 plus 5 plus 7 ! Combien trouves-tu ?

– Treize ! cria Corentin. Treize encore !

– Et les lettres de son nom ! « Kadiou Karabik » Treize lettres ! Encore treize !

– Il y a trois lettres K ! Bizarre, non ?

Du bout du pied, Corentin écrivit *Kadiou Karabik* dans la terre mouillée de l'allée :

– Regarde ! Un K au début, un K à la fin, et un au milieu ! Six lettres devant celui du milieu et six derrière !

– La lettre est en septième position ! dit Guern.

Les enfants s'enthousiasmaient. Soudain Guern haussa les épaules et effaça l'inscription :

– Tout ça ne me désigne pas le bon champignon !

– Mais si ! Le septième ! Range-les du plus grand au plus petit ou le contraire ! Le septième reste inchangé ! Au milieu de la ligne !

Fébrilement, les enfants procédèrent à la mise en ordre des treize champignons. Les morts chuchotaient.

– Celui-là, dit Corentin en désignant le septième champignon.

– Et pourquoi pas le premier ou le treizième ? douta Guern. Dans un sens aussi bien que dans l'autre, d'ailleurs ?

– Je ne sais pas. Qu'y a-t-il d'écrit sur la tombe ?

– Eh bien... « Kadiou Karabik »...

– Et puis ?

– Ses dates de naissance et de décès...

– Et encore ?

– C'est tout. Non. Il y a aussi « sorcier ».

– Sorcier ! Compte les lettres ! Sept lettres ! Le bon champignon est le septième !

Corentin triomphait mais Guern grimaça :

– N'empêche que c'est moi qui dois le manger, et que si nous nous sommes trompés...

Il poussa un profond soupir. Corentin fit trois pas dans l'allée vers la tombe maudite.

– Monsieur ! Monsieur ! appela-t-il. Est-ce que nous avons trouvé le bon champignon ?

Pour toute réponse, un ricanement.

– Bon, décida Guern. Autant le savoir tout de suite. Je vais manger le septième champignon...

Et il le porta tout cru à sa bouche tandis que les défunts protestaient. La voix du sorcier se fit entendre :

– Stop !

Le gamin suspendit son geste. Le sorcier grinça :

– On arrête les frais ! Tu me rends mes champignons et on efface tout.

Les défunts approuvaient. Certains applaudissaient et l'on entendait le bruit de crécelle des osselets entrechoqués. Guern vérifia :

– Je vous rends les treize champignons ?

– Ouais !

– Mais si je vous rends le bon champignon avec les douze autres, votre promesse de me rendre riche ne compte plus ?

– Non !

– Alors je ne marche pas ! s'écria Guern en bondissant sur la pierre tombale et en écrabouillant les champignons qui y restaient à coups de talon.

La voix du sorcier gronda, le vent froid souffla sur l'allée :

– Qu'est-ce que ça veut dire ?

– Ça veut dire que je garde le septième champignon et que je le mangerai ce soir, parce que c'est le bon ! répliqua Guern courbé contre le vent. Je suis certain que vous n'auriez pas accepté d'oublier l'affaire si je n'avais pas trouvé le champignon qui va me rendre riche ! Vous êtes trop méchant pour ça !

– Sssssacripant ! siffla le fantôme, et le vent déchaîné bouscula tout sur son passage.

Des rafales éjectaient au loin les pots de fleurs, les couronnes mortuaires, en bombardaient le mur du fond du cimetière. Le sorcier vomissait des crapauds, des vipères et des chauves-souris comme des cailloux dans la bourrasque. Mais les deux enfants s'étaient abrités derrière la lanterne des morts.

Guern criait pour se faire entendre :

– Je vais faire fortune ! Vous serez forcé de tenir parole !

– Sssssacripant ! s'époumonait le fantôme.

– Hou... hou... assez ! Assez ! se lassaient les défunts.

– Hou... hou... quel mauvais caractère !

– Hou... hou... tu as perdu, Kadiou, plus la peine de te fâcher !

Alors, comme elle avait débuté, la tempête cessa. Guern et Corentin quittèrent leur abri et le cimetière. Des gens accouraient, on entendait même le fourgon de police. Un attroupement se forma, la foule s'interrogeait au spectacle du cimetière dévasté : que s'est-il passé ? Un cyclone ?

Personne ne songea à barrer le passage à deux petits garçons qui s'en retournaient sagement chez leurs parents.

– Comme tu m'as aidé, disait Guern à son ami, on partagera le champignon et on deviendra riches tous les deux !

Catel attendait
sa mère,
partie acheter
des fleurs.

LES PANTOUFLES DU SAGOUIN

CATEL s'était assise au soleil sur une tombe, jambes pendantes au-dessus de l'herbe mouillée. Elle attendait sa mère, partie acheter des fleurs rue de Bretagne.

– Aïe ! fit-elle en ressentant une douleur derrière la cheville gauche.

Elle allongea le bras vers sa jambe repliée pour tâter sa cheville et l'examiner. Rien. Quelque chose pourtant l'avait piquée. La fillette regarda dans l'herbe. Pas d'insectes. Alors, elle retrouva sa posture paresseuse, jambes dans le vide.

– Aïe !

Nouvelle piqûre. Vivement, Catel se pencha, sans rien découvrir. Quelque chose l'avait encore piquée. Ce n'était pas une guêpe car elle l'aurait repérée, jaune et bourdonnante. Se déportant sur la fesse gauche, l'enfant tâcha de scruter l'herbe. Rien. Les défunts ricanaient dans leurs tombes :

– Hou... hou... c'est un tour du sagouin !

– Hou... hou... il la pique avec sa canne !

– Hou... hou... il est rusé !

– Il est peut-être rusé, murmura Catel entre ses dents, mais je ne suis pas stupide non plus !

Elle se tint sur ses gardes, mine de rien.

– Aïe !

Une piqûre ! Catel s'abaissa aussitôt. Frrtt ! Quelque chose de vert avait filé à gauche. La fillette se pencha. Plus rien. Pourtant, elle en était certaine, quelque

chose avait fui de ce côté-là. Comme une petit tache qui sortait de son champ visuel.

– Hou... hou..., commentaient les défunts, il est rapide, le sagouin !

– Hou... hou... c'est un sagouin de course ! Hi-Hi-Hi !

– Patience, murmura Catel en pinçant les dents. Rira bien qui rira le dernier.

Elle se leva soudain vers la tombe opposée. Sur la dalle de marbre, une plaque gravée noire, recouverte de verre, reflétait un coin de cimetière...

– Hou... hou... qu'est-ce qu'elle fait ? demandaient les défunts.

– Hou... hou... elle s'en va...

– Hou... hou... c'est dommage, on s'amusait bien quand le sagouin lui piquait la cheville ! Hi-Hi-Hi !

– Patience ! grommela Catel.

Tranquillement, elle redressa la plaque noire vitrée, la cala debout dans un nouvel angle. Elle revint s'asseoir sur la pierre tombale, mais se releva, repoussa la plaque d'un centimètre. Elle recula, se rassit, et ne bougea plus.

– Hou... hou... à quoi joue-t-elle ? demandaient les morts.

– Hou... hou... elle a la bougeotte !

– Patience, dit Catel.

Elle balançait les jambes d'un air paresseux, mais en même temps, elle surveillait la plaque vitrée où se reflétait le pied de la tombe. Et alors elle vit quelque chose ! Une pierre bougeait derrière sa jambe. Elle s'écartait de sa voisine. Un peu. Un peu encore. Et voilà qu'un individu pas plus haut qu'une main sortit de l'anfractuosité, tout de vert vêtu, chaussons, pantalons, jaquette et bonnet. Son

visage rougeaud était déformé par un rictus mauvais. Et soudain...

– Aïe !

Elle venait de se laisser surprendre. Le sagouin avait foncé droit sur sa jambe à la vitesse d'un frelon et lui avait piqué la cheville avec sa canne. Le temps que Catel réagisse, frrtt ! il avait fait retraite. La pierre se refermait sur lui. Les défunts gloussaient :

– Hou... hou... c'est un sagouin à moteur ! Hi-Hi-Hi !

– Hou... hou... personne ne l'attrapera jamais !

– Patience, mes amis, grogna Catel en palpant sa cheville meurtrie.

Elle tira de la poche de son gilet une ficelle fine.

– Hou... hou... qu'est-ce qu'elle fait ? demandaient les morts.

– Hou... hou... elle tire une ficelle de sa poche...

– Hou... hou... c'est plutôt du coton perlé, fit remarquer une voix de défunte, j'en utilisais de mon vivant pour faire du crochet...

– Hou... hou... on dirait qu'elle fait une bouclette...

Catel, en effet, venait de préparer un nœud coulant. Elle le déposa devant la pierre du sagouin. Elle dissimula le fil sous les herbes. Ensuite, elle le fit traîner tout le long de la tombe, toujours en le cachant, et revint s'asseoir à sa place. Elle avait gardé en main l'extrémité du coton perlé, et elle surveillait la plaque vitrée noire qui lui servait de miroir.

– Hou... hou... il va y avoir du sport ! jubilèrent les morts.

– Patience, mes jolis ! chuchota Catel

sans perdre la plaque vitrée de vue.

Elle y vit bouger la pierre. Elle y vit le sagouin vert pointer sa trogne agressive au-dehors. Et soudain, elle le vit foncer...

– Aïe !

Il l'avait encore frappée et filait se cacher. Mais Catel tira sur le fil. Le nœud coulant se referma à l'instant où le sagouin passait et lui prit la jambe ! Catel se redressa en élevant le fil à bout de bras comme un pêcheur ferre un gardon...

– Ah ! Je le tiens, le sagouin ! s'écria la fillette en grimpant debout sur la pierre tombale.

Le sagouin se débattait au bout du fil tendu, la tête en bas. Il gigotait tellement que son pied glissa dans le nœud coulant pas assez serré, et qu'il se décrocha. Le vilain petit personnage roula dans l'herbe et s'enfuit. Catel sauta sur lui, mais elle le manqua. Frrtt ! Il avait réintégré l'anfractuosité et rescellé la pierre derrière lui.

– Zut ! grommela la fillette, dépitée.

Les morts riaient, certains étaient admiratifs :

– Hou... hou... elle a bien failli le prendre au piège !

– Hou... hou... elle est astucieuse !

Catel s'était baissée, intriguée. Une petite chose verte restait dans l'herbe.

– Qu'est-ce que c'est que ça ?

Elle cueillit entre ses doigts un minuscule objet : une pantoufle. En gesticulant pour se libérer, le sagouin l'avait perdue. Les défunts murmurèrent :

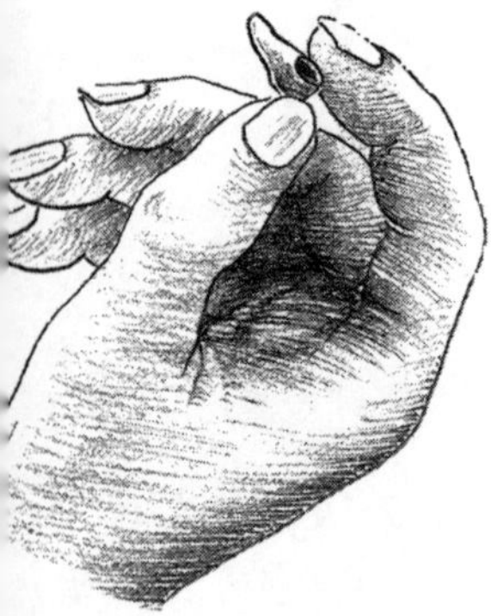

– Hou... hou... une moitié de son pouvoir perdue !

– Hein ? dit Catel.

Mais les défunts se taisaient, ne voulaient pas en dire davantage.

– Bon, dit la gamine. Je vais aller aux renseignements.

– Hep ! Morveuse ! appela une voix nasillarde.

Catel se retourna. La voix provenait de la tanière du sagouin. C'était sûrement lui qui parlait.

– Je t'écoute, dit Catel.

– Rends-moi ma pantoufle ou tu vas avoir des embêtements, je te le garantis !

Le sagouin couinait. Il parlait du nez. En fait, il disait : « Rinds-moi ma pintoufle ou tu vas avoinr des imbêtemints, je te le garintis ! »

– Cause toujours ! répliqua Catel.

Le sagouin se mit à hurler, mais l'enfant le railla.

– Tu chantes aussi faux qu'une perceuse ! lança-t-elle en tournant les talons pour partir.

Du coup, le sagouin se tut. Il s'enquit :

– Tu ne vas pas me plinter là ! Où est-ce que tu t'in vas ?

– Si on te le demande, tu n'auras qu'à répondre que tu n'en sais rien !

– Attinds ! Rinds-moin ma pintoufle !

– Non !

– Rinds-moin ma pintoufle et je te ferai cadeau d'un trésor !

– Non !

– Attinds !

Catel s'en allait. Elle se retourna.

– Non, dit-elle. Toi, tu vas m'attendre. Je n'en ai pas pour longtemps.

– Tu me rindras ma pintoufle ?

Catel s'en alla. Derrière elle, le sagouin criait, couinait, trépignait, elle l'entendait frapper la pierre à coups de canne, et elle entendait aussi les morts :

– Hou... hou... le sagouin n'a pas dit son dernier mot !

– Patience, mes mignons, ricana Catel en franchissant la grille du cimetière.

Le vieux Goffic demeurait un peu plus loin, tout au bout de la rue de Bretagne, à la limite de la ville. C'était un extravagant barbu, avec une redingote et un chapeau haut de forme. Il collectionnait toutes sortes d'objets : des parapluies, des skis, des lunettes, des cafetières, des bicyclettes, etc., qu'il entassait dans son jardin. Tout le monde avait peur de lui sans savoir pourquoi.

La fillette remonta le sentier qui menait à sa maison de bois entre deux alignements de hautes pierres dressées. Sur le seuil, un chat noir profitait du soleil couchant. Le vieux Goffic, chapeau haut de forme sur la tête, était à sa fenêtre, occupé à nourrir deux corbeaux posés sur l'appui. Il maugréa, sans ôter sa pipe de

ses dents, comme s'il s'adressait aux oiseaux de mauvais augure :

– Nous avons une visiteuse, mes chéris !

– Bonjour, monsieur Goffic, dit Catel.

– C'est même une visiteuse polie. Voyons ce qui l'amène !

– Je voudrais un renseignement, dit Catel.

– Je m'en doutais ! fit le vieux en parlant toujours aux corbeaux. C'est quand ils ont besoin d'être renseignés que les humains deviennent aimables.

– Est-ce que vous avez déjà entendu parler des sagouins ? demanda Catel.

Le vieux se mit à rire comme un grondement de métro :

– Humph ! Bien sûr que je connais les sagouins ! (Et, à ses corbeaux :) Elle cherche à se documenter sur les sagouins.

– J'ai failli en capturer un, expliqua Catel. Avec un fil. (Elle montra le fil.) Mais il s'est détaché et je n'ai gardé que sa godasse.

– Sa godasse ? Montre voir !

Cette fois, Goffic était intéressé. La fillette lui confia la pantoufle verte. Le vieil excentrique l'examina sous tous les angles. Il hocha la tête.

– C'est bien une pantoufle de sagouin, admit-il enfin. (Puis s'adressant à ses corbeaux qui se disputaient un lombric :) La gamine est rudement maligne pour avoir piqué la charentaise d'un sagouin ! (À Catel :) Qu'est-ce que tu désires savoir ?

Catel prenait de l'assurance. Par la fenêtre ouverte, elle pouvait voir des empilements divers derrière Goffic : des réveille-matin, des violons, des arrosoirs,

des téléphones. Certains atteignaient le plafond. Le chat noir était venu se frotter à ses jambes, et elle l'avait pris dans ses bras pour le caresser. Le chat ronronnait. Catel demanda :

– Est-ce que les sagouins ont un vrai pouvoir ?

– Certainement.

– Est-ce qu'ils ont le pouvoir d'offrir un trésor ?

– Certainement. Mais il faut se méfier car ils mentent. (Puis aux corbeaux :) Il n'y a pas plus menteur qu'un sagouin ! Il promet la lune et il ne tient pas parole.

– D'où lui vient son pouvoir, monsieur Goffic ? Les morts du cimetière disent qu'il le tire de ses pantoufles ?

Le vieux reluqua la gamine d'un air énigmatique.

– Hé-Hé, fit-il. Hé-Hé.

– Hé-Hé quoi ? fit l'enfant.

– Hé-Hé c'est la vérité ! Les sagouins puisent leurs pouvoirs dans la terre grâce à leurs pantoufles magiques. Sans celles-ci, ils perdent leurs pouvoirs. Le tien n'en a plus que la moitié.

– Donc, réfléchit l'enfant, ça signifie qu'il ne peut pas donner ce qu'il promet ?

– Non. Pour qu'un sagouin use d'un pouvoir, il a besoin de ses deux pantoufles. De sorte que s'il t'a promis quelque chose, et que tu veuilles qu'il te le procure, tu dois d'abord lui rendre sa pantoufle. (Il tira un ver d'une boîte en plastique et le donna aux corbeaux :) Et dès que la gamine lui aura rendu sa charentaise, ricana-t-il, le sagouin trahira sa parole ! Humph ! Humph !

– On ne peut pas lui faire confiance ? vérifia Catel.

– Autant qu'à une vipère ! Humph ! Humph !

– Mais alors ? Comment l'obliger à respecter ses engagements ?

Le vieux Goffic étrécit les yeux et considéra l'enfant d'un air profond. Il proféra :

– Rends-lui sa pantoufle sans la lui rendre.

– Hein ?

Le vieux recula chez lui en riant, fit un pied de nez, referma la fenêtre.

– Quand on est assez intelligente pour piquer le chausson d'un sagouin, fit-il, on doit être capable de lui subtiliser le deuxième...

Clac. La fenêtre fermée. Catel déposa le chat sur le sol et redescendit pensivement le sentier. Rendre la pantoufle sans la rendre ? Comment ?

– Aïe !

Elle venait de se piquer la main à un chardon. Vilaine plante ! Mais au fait ? La fillette fit halte, songeuse. Et soudain, prenant son mouchoir, elle cueillit une épine de chardon et l'enfonça au bout du chausson du sagouin, la pointe à l'intérieur. Elle riait toute seule du tour qu'elle s'apprêtait à jouer à l'adversaire. C'est en chantonnant et en sautillant qu'elle poussa la grille du cimetière.

– Hou... hou... revoilà la gamine ! l'accueillirent gaiement les défunts. On va s'amuser !

– Patience, mes agneaux, fit Catel.

Elle alla droit à la tanière du sagouin, l'appela d'un coup de pied dans la pierre :

– Holà ! Le sagouin !

– Ouais ! Ouais ! grinça le sagouin en réponse. (Et tout de suite vindicatif :)

Rinds-moin ma pintoufle ou tu t'in mordras les doingts !

– Tu m'avais parlé d'un trésor ? lui rappela Catel.

– Ouais ! Ouais ! Je t'in ferai cadeau quind tu m'auras rindu ma pintoufle !

Les morts chuchotaient. Ils savaient que le sagouin ne tenait pas parole. Catel fit pourtant semblant d'accepter le marché :

– D'accord. Je te rends ta pantoufle.

Elle la déposa dans l'herbe.

– Recule ! exigea le sagouin.

– D'accord, dit Catel en obéissant de deux pas.

Alors la pierre bougea. Le sagouin, confiant en sa rapidité, apparut dans l'ouverture.

– Recule incore d'un pas ! couina-t-il.

– D'accord.

Catel recula comme en jouant à *Mère-veux-tu*. Le sagouin fonça droit sur la pantoufle. Mais il courait bizarrement, comme en pointillé, car le pied chaussé faisait des pas dix fois plus longs que le pied nu. Il attrapa le chausson et, sans perdre une seconde, il voulut l'enfiler.

– Aïe ! Aïe ! Ouille ! hurla-t-il.

L'épine de chardon cachée venait de lui piquer l'orteil ! Déséquilibré par la douleur, il s'effondra dans l'herbe en ôtant la pantoufle piégée ! Catel bondit sur lui. D'une main, elle l'empoigna. De l'autre, elle lui arracha la seconde pantoufle !

– Je te tiens, sagouin !

– Aïe ! Ouille ! se plaignait le sagouin.

Il cherchait à se libérer sans y parvenir. Catel l'éleva à hauteur d'yeux tandis que les défunts du cimetière s'étonnaient :

– Hou... hou... elle a capturé le sagouin !

– Hou... hou... elle l'a déchaussé complètement !

– Alors ? dit Catel à la cantonade. Vous avez toujours envie de rire ? Eh bien on va rire !

Elle entreprit de chatouiller d'une main la plante des pieds du vilain petit individu. Le sagouin, partagé entre la rage et l'irrésistible envie de rire, se trémoussait dans sa main comme une anguille. Il braillait :

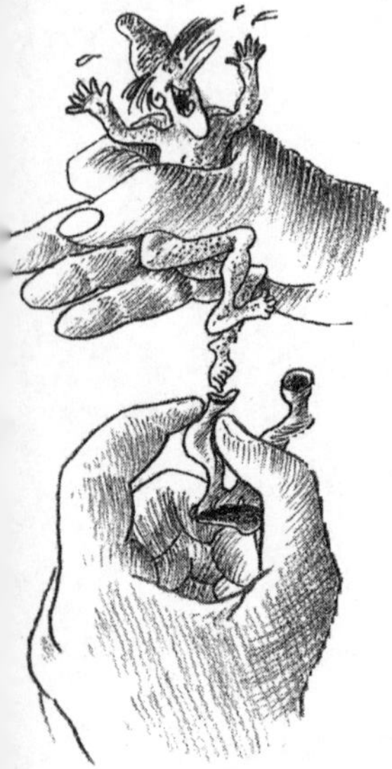

– Arrête ! Hi-Hi-Hi ! Je me vingerai ! Arrête ! Tu me chatouilles ! Lâche-moin ! Vas-tu me lâcher ! Hi-Hi-Hi ! Qu'est-ce que tu fais ! Arrête ! Elle me déculotte ! Lâche-moin ! Hi-Hi-Hi ! Je vais me fâcher !

– Ne te gêne pas ! riposta Catel, mais en même temps, elle avait ôté la jaquette et le pantalon du minuscule personnage comme s'il s'agissait d'habits de poupée.

L'infortuné gigotait désespérément dans sa main en pleurant de rire :

– Hi-hi-hi ! Qu'est-ce qu'elle fait ! Elle m'inlève mes vêtemints ! Hi-Hi-Hi ! Elle me fout à poil ! Je ne veux pas qu'on voie mon zizi ! Hi-Hi-Hi ! Ho-Ho-Ho !

Catel mit un terme aux chatouilles. Le sagouin reprit son souffle. Elle le regarda dans les yeux.

– Écoute bien, lui dit-elle, car je ne répéterai pas. Je vais te laisser ramasser tes godasses pour que tu me procures le trésor que tu m'as promis.

– Ouais ! Rinds-moin mes habits ! implora le sagouin.

– Je te les rendrai après. D'abord les godasses. Tu me donnes mon trésor. Et après, tu retrouves tes habits. À prendre ou à laisser.

– Heu..., fit le sagouin.

– Pas de trésor, pas d'habits. Compris ?

– Heu oui... heu...

Catel déposa l'affreux personnage dans l'herbe à proximité de ses pantoufles. Il était tout nu comme un petit baigneur et cachait son zizi du mieux qu'il pouvait. Catel se redressa. Elle avait conservé la jaquette et le pantalon. Les morts exprimaient leur ébahissement :

– Hou... hou... cette fille est supérieurement intelligente !

– Hou... hou... c'est une surdouée !

Le sagouin, gêné, s'était assis dans l'herbe où il enfilait ses pantoufles. Il releva la tête, vérifia :

– Quind je t'aurai donné le trésor, tu me rindras ma jaquette et mon pintalon ?

– Compte sur moi.

– Alors, tourne-toin ! dit le sagouin.

Mais Catel, prudente, se contenta de reculer de trois pas :

– Pas d'accord pour te tourner le dos !

– Peuh, fit le sagouin, penaud.

Il se releva en cachant son zizi d'une main. De l'autre, il fit un geste bizarre, et dans l'herbe, un coffret de bois noir à ferrures d'acier apparut.

– Le voilà, ton trésor ! couina le sagouin. Maintenint, rinds-moin mes vêtemints !

– Ouvre le coffret, exigea Catel.

Avec une mauvaise humeur évidente, le sagouin l'ouvrit d'un coup de pied. Le couvercle sauta. Dans le coffret, Catel vit des pièces d'or, des bijoux, des pierres précieuses...

– Bon, dit-elle.

Et elle avança. Le sagouin recula. Mais Catel se contenta de ramasser le coffret pour partir...

– Mes habits ! Rinds-moin mes habits ! vociféra le sagouin.

– Attrape-les ! répondit Catel en les suspendant à une croix de fer forgé au-dessus d'une tombe. Le temps que tu grimpes pour les récupérer, je serai chez moi. Bien le bonjour !

Elle s'en alla, le coffret sous le bras, laissant le sagouin nu et furibond entreprendre l'ascension de la croix. Les morts l'applaudissaient comme à la fin d'une pièce, lorsque le rideau tombe. Alors, tout de même, Catel se retourna et fit une révérence. Il faut bien remercier le public.

– *Au voleur !*

LE SIFFLET DES TROLLS

TANDIS qu'il arrachait les mauvaises herbes autour de la tombe du grand-oncle, Tristan vit quelque chose bouger et poussa un cri :

– Au voleur !

On venait de lui subtiliser le jeu d'osselets qu'il avait posé sur la tombe !

– Voleur ! criait Tristan. Rends-moi mes osselets !

Il s'élança à la poursuite du malfaiteur qui bondissait avec agilité entre les pierres tombales.

Subitement, Tristan s'arrêta.

– Mais ?... fit-il, pantois. C'est un troll !

L'autre venait de se retourner. Tristan

avait reconnu sa trogne à barbichette, ses gros yeux ronds. Puis le troll s'esquiva derrière une chapelle. Le gamin reprit sa course :

– Troll ou pas, je t'aurai ! Voleur !

Tristan contourna plusieurs chapelles et s'immobilisa en dérapant sur les graviers de l'allée. Où le troll était-il passé ? Un moment, Tristan tendit l'oreille à droite, à gauche. Rien. Le voleur avait fui.

– Ah non ! protesta l'enfant qui refusait de se résigner. Je saurai où il est allé !

Il inspecta les environs, s'approcha des chapelles. Une odeur l'intriguait, l'odeur de soufre, l'odeur des Enfers...

– Qu'est-ce que c'est que ça... ? murmura-t-il.

Reniflant, il parvint à une chapelle sombre et abandonnée. Pas de doute. L'odeur désagréable en provenait. D'ail-

leurs, là, par terre, devant l'entrée, un osselet gisait. Le voleur l'avait perdu...

– C'est là qu'il est entré ! estima Tristan en empochant l'osselet.

Il n'hésita pas. La grille n'était pas verrouillée. L'enfant l'ouvrit. Il s'aventura dans la chapelle imprégnée de l'odeur de soufre. Un chat dérangé fila entre ses jambes en miaulant. Le gamin ne ralentit pas pour autant. Un escalier de pierre descendait raidement en ligne droite devant lui comme un puits. On n'en voyait pas le fond. Tristan l'emprunta.

– S'il a fui par là, je l'aurai ! grondait-il.

Il descendit vingt marches, trente marches. En se retournant, tête relevée, il pouvait voir encore l'ouverture de la chapelle comme un rectangle de ciel clair de la taille d'une carte à jouer. Il reprit sa descente. Trente pas encore. Il se retourna.

L'ouverture, au sommet des marches comme des barreaux d'échelle, faisait penser à un timbre-poste. Tristan ne revint pourtant pas en arrière.

– Gare à toi, le troll, si je t'attrape !

La descente continua. L'enfant s'étonnait un peu d'y voir, mais il comprit que la clarté venait d'une grande galerie au pied de l'escalier profond. Des milliers d'éclats de cristaux incrustés dans les parois de pierre répercutaient la lumière de lanternes suspendues au plafond. Une seconde, Tristan fit halte, retourné, tête en l'air. L'ouverture, loin là-haut, très loin, n'était plus qu'une tête d'épingle. Tristan eut un pincement au cœur et, pour la première fois, il hésita. Était-ce bien prudent de s'engager à l'aveuglette aux trousses d'un troll voleur et sans doute malveillant ? Mais, dans sa poche, sa

main se crispa sur l'osselet retrouvé :

– Je t'attraperai, voleur !

Et il descendit hardiment les dernières marches qui le séparaient de la galerie. Elle était déserte. Des portes, toutes identiques mais numérotées, y étaient visibles à droite et à gauche. Des voix discutaient derrière la première. Tristan vérifia que personne n'arrivait du fond de la galerie.

Il s'abaissa, colla un œil au trou de la serrure. Mais il n'eut le temps de rien voir parce que la poignée de porte bougea. Quelqu'un s'apprêtait à sortir. L'enfant courut plus loin, dépassa trois portes, trouva la quatrième ouverte. Il entra. La pièce était blanche et déserte. Elle était meublée d'une longue table en son centre. Sur cette table, on avait tendu une nappe blanche brodée qui pendait des quatre côtés jusqu'au sol dallé de marbre blanc. En guise de sièges, des escabeaux étaient disposés sur les deux longueurs de la table, six de part et d'autre, et, devant chaque escabeau, on avait placé un calepin avec un crayon.

– Qu'est-ce que c'est que ça ? murmura Tristan.

Mais des bruits l'alertèrent. On venait. Pas le temps de s'éclipser. Le garçon chercha désespérément des yeux une cachette, mais n'en trouva pas. D'un bond, il plongea sous la nappe, s'aplatit au sol sous la table. Il retint son souffle.

On bavardait dans le couloir.

– Ce soir, nous serons redevenus riches ! se réjouissait une voix.

– Et puissants ! ajoutait une autre.

– Nous avons juste le compte d'osselets pour forcer le mécanisme, appréciait une troisième.

– Une chance ! Car on ne peut l'ouvrir que tous les cent ans !

– Taisez-vous !

Tristan roula sur le dos et risqua un coup d'œil par les trous de broderie de la nappe. Des trolls grimaçants pénétraient dans la salle, pas plus hauts que des bottes. Deux serviteurs les précédaient, à reculons. Ils nettoyaient le sol avec des balais de genêts devant un petit vieux tout ridé à longue barbe blanche. Derrière venaient onze autres trolls aux barbes vertes, bleues, rouges, jaunes et même roses, mais plus courtes que celle du vieillard.

– Prenez place ! grogna ce personnage important, qui paraissait leur chef.

Les trolls se juchèrent au sommet des escabeaux tandis que les serviteurs se retiraient. Tristan se recoucha sous la

table. Il voyait les petites jambes des trolls posées sur les marches et ce spectacle le réjouissait, dissipait ses appréhensions.

– Voici comment nous allons procéder, déclara le chef des trolls quand les serviteurs eurent refermé la porte derrière eux. Tâchez d'être attentifs.

Les trolls l'étaient, mais sûrement pas plus que Tristan sous la table. La porte se rouvrit. Deux autres serviteurs entrèrent en faisant des courbettes. Ils portaient en ahanant un pesant coffre d'ivoire cylindrique aux dimensions d'un tambour. Le chef reprit la parole :

– Chacun de nous, à son tour, déposera les osselets qu'il a récoltés dans le coffre d'ivoire. Il dira la formule consacrée chaque fois qu'il fera tomber un osselet dans le mécanisme. Est-ce clair ?

Les trolls approuvèrent.

– Pour éliminer tout risque d'erreur, continua le chef, je vais vous redire la formule. Écrivez-la. Y êtes-vous ?

Tristan les imaginait, les coudes sur la nappe, crayon et calepin dans les mains. Le chef dicta donc :

– « *Karabill ! Karaboll ! À nous le sifflet de Cerbère, à nous le trésor des trolls !* » Répétez ensemble !

Les trolls répétèrent en cadence :

– Karabill ! Karaboll ! À nous le sifflet de Cerbère, à nous le trésor des trolls !

– Bien, approuva le chef. Maintenant, refaisons nos calculs. Nous sommes douze, en me comptant. Sachant qu'un osselet pèse trois grammes et que chacun en détient cinq, quel est le poids total des osselets ? Combien ? J'attends !

Il s'impatientait, frappait du talon la

marche de son escabeau. Pendant ce temps, les trolls alignaient les chiffres sur les calepins en comptant sur leurs petits doigts. Mentalement, Tristan s'exerça à résoudre le problème. Quatre fois trois douze. Bon. Cinq fois trois ? Quinze. Facile. Mais après ? Douze fois quinze ? Ah oui. Il fallait simplifier. D'abord dix fois quinze. Cent cinquante. Puis deux fois quinze ? Trente. Total ? Cent cinquante et trente ? Cent quatre-vingts !

– Cent quatre-vingts, vénérable grand troll ! annonçait justement le premier de la troupe.

Les autres confirmèrent.

– Parfait, dit le chef.

Il agita sa sonnette pour les serviteurs :

– Faites circuler le coffre en commençant par moi. Et vous autres, comptez le nombre d'osselets que nous y déposerons.

Tristan vit les petites jambes des serviteurs trotter vers l'escabeau du chef à longue barbe. Il entendit ce dernier prononcer la formule rituelle, et après, il crut reconnaître un bruit mécanique de machine à sous. Un tintement cristallin retentit comme un point final en même temps que la lumière devenait plus vive dans la salle. Mais l'effet ne dura pas. Le chef répéta la formule. Les mêmes bruits de mécanique et de tintement cristallin se firent entendre. L'éclairage augmenta encore, puis retomba. Les trolls étaient excités et fébriles. Ils grognaient, reniflaient, sifflaient. À trois reprises encore, le chef répéta l'opération, suivie des mêmes effets. Puis il déclara :

– Au deuxième !

Tristan vit les petits pieds des serviteurs trotter vers l'escabeau suivant. Le troll qui l'occupait prononça la formule secrète par cinq fois, déclencha par cinq fois le cliquetis métallique de machine à sous, le tintement cristallin et l'accroissement de lumière dans la pièce. Et même il parut à Tristan que l'effet lumineux s'amplifiait au fur et à mesure que la tension montait. « Bizarre... » pensa-t-il.

Les serviteurs se déplacèrent autour de la table. Tous les trolls redirent la formule cinq fois de suite. Ils déposaient leurs osselets volés dans une fente du coffre et notaient le nombre d'osselets introduits. La clarté devenait de plus en plus vive, et les trolls jubilaient, couinaient, applaudissaient. Leurs petits pieds battaient les escabeaux sous la nappe.

– Ça marche ! Ça marche ! gloussaient-ils avec enthousiasme.

– Silence ! ordonnait le chef.

Et alors il vint une idée saugrenue à Tristan. À voir ces petits pieds nerveux autour de lui, l'enfant ressentait une envie de rire le démanger. Il dut se mordre un doigt pour y résister. Le lacet de soulier d'un troll était dénoué. Le gamin imaginait la farce à faire. Ce fut irrésistible. Profitant de l'exaltation de la bande, il noua le lacet défait à la marche d'escabeau. Puis, succombant à la tentation, et comme si l'imprudence qu'il venait de commettre ne lui suffisait pas, il dénoua les lacets des autres et les attacha pareillement, prêt à prendre la poudre d'escampette à la première chute. Justement, c'était au dernier troll de déposer son obole dans le coffret d'ivoire...

– Vite ! s'excitaient ses compagnons. Le coffre ne va pas tarder à s'ouvrir !

– Silence ! répéta le chef.

Et soudain Tristan réfléchit que les trolls allaient déchanter. Son voleur, en effet, ne s'était pas aperçu qu'il avait perdu un osselet. Justement, il venait de prononcer la formule pour la quatrième fois, et pour la quatrième et avant-dernière fois, la mécanique et le tintement s'étaient manifestés, la lumière était éclatante...

– Plus qu'un osselet ! jubilaient les trolls. Vite ! Mets-le dans la fente !

Mais le voleur s'affolait. Il fouillait ses poches avec fébrilité, Tristan le voyait faire sous la table.

– Mets le dernier osselet ! exigeaient les autres. Qu'est-ce que tu attends ?

– Je... Je... Je ne le trouve plus !

– Quoi ? crièrent les autres.

– Cherche-le mieux ! ordonna le chef.

– Je... Je... Je le cherche..., sanglota le troll fautif. Mais je ne le retrouve pas... Je l'ai perdu... Sûrement quand le morveux me poursuivait...

– Mille trompettes ! hurla le chef en assenant un coup de poing sur la table. Qu'est-ce que tu nous racontes ?

– Je... Je...

– Où est le cinquième osselet ! criaient les autres. Vite ! La machine ne restera pas allumée cent sept ans !

Mais le troll sondait ses poches avec angoisse. Le « morveux », sous la table, enregistrait gaiement les signes d'impatience de la troupe...

– Je... Je... J'ai perdu le cinquième osselet... Je vais le chercher !

Le troll se leva. Patatras ! Il culbuta par terre tête en avant ! Malgré la tension du moment, plusieurs de ses camarades éclatèrent de rire tandis que d'autres se levaient en protestant :

– Pas question de sortir d'ici ! Où est le dernier osselet ?

Patatras ! Badading et Boum ! Tous dégringolaient ! Tristan souleva la nappe et bondit hors de sa cachette comme un coucou hors d'une pendule...

– Le voilà ! cria-t-il en le brandissant.

Il repoussa les serviteurs. Alors, profitant de la bousculade et des emmêlements, il enfonça l'osselet dans la fente du coffre d'ivoire. À ses pieds, les trolls tâchaient de se relever, c'était une belle pagaille !

– Karabill ! Karaboll ! À moi le sifflet de Cerbère, à moi le trésor des trolls ! cria Tristan d'une voix enjouée.

Il y eut un bruit mécanique. Les trolls ébahis se pétrifièrent au sol. Dans un silence tendu, l'osselet roula dans la machine. Le tintement cristallin retentit.

La lumière fut amplifiée, tellement puissante cette fois qu'elle força tout le monde à cligner des yeux. Un tiroir s'ouvrit. Quelque chose était dedans...

– Ah ! s'écrièrent les trolls avec émotion.

– Un sifflet ! commenta Tristan. Un sifflet d'ivoire !

– N'y touche pas ! cria le chef. Il nous appartient !

Toute la bande se remit à vociférer en gesticulant. Les trolls essayaient de défaire les nœuds qui les liaient à leurs escabeaux renversés. Ils se battaient entre eux pour passer les uns par-dessus les autres. Tristan s'empara du sifflet.

– Adieu, la compagnie ! lança-t-il d'un air moqueur.

Il tira la nappe à lui d'un seul trait et la jeta sur ses adversaires. D'un coup de pied, il se débarrassa des serviteurs revenus lui barrer la route, et fila dans la galerie vers les escaliers.

– Rattrapez-le ! Mais rattrapez-le ! s'égosillait le chef des trolls empêtré dans la nappe avec sa troupe.

Le gamin courait. Il atteignit le pied des escaliers, regarda en l'air et reconnut, tout là-haut, l'ouverture de jour comme une tête d'épingle. Il posa le pied sur la première marche et se retourna. Les trolls sortaient de la salle blanche en gesticulant. Alors, par jeu autant que par défi, Tristan porta le sifflet d'ivoire à ses lèvres. Les trolls s'immobilisèrent, apeurés soudain :

– Non ! Ne siffle pas ! Non !

Trop tard. Le garçon venait de souffler dans le sifflet. Mais il n'entendit pas un son. En revanche, les trolls s'agrippaient

les uns aux autres avec effroi. Que se passait-il donc ?

– Heu ? fit Tristan en reluquant le sifflet silencieux.

Un grondement monta des entrailles de la terre.

– Mais ? fit Tristan.

La muraille qui obstruait le fond de la galerie se mit à vibrer. Elle s'ouvrit, libérant un flot de lumière rouge. Les trolls terrorisés refluèrent en désordre à l'intérieur de la salle blanche tandis qu'une ombre noire se profilait et grandissait sur les murs et le plafond de la galerie. Un chien rouge formidable surgit.

– Ah ! cria Tristan à sa vue.

L'animal monstrueux possédait trois énormes têtes ! C'était Cerbère, le gardien des Enfers ! L'animal aux gueules écumantes bondit avec un aboiement rauque.

Toute la bande des trolls disparut dans la salle blanche et referma la porte en vitesse. Le chien courait droit sur Tristan, qui s'adossa à la muraille, la tête dans les épaules dans l'attente de l'assaut.

Mais le chien s'arrêta pile devant lui, les trois têtes inclinées en signe de soumission.

– Que demandes-tu, Maître-du-sifflet ? grondèrent les trois gueules à la fois.

– Q... Q... Quoi ? fit Tristan en claquant des dents.

À trente pas, le chef des trolls avait rouvert la porte de la pièce blanche. Ses camarades se bousculaient pour tâcher de voir par-dessus ses épaules. Mais le chien démoniaque ne bougeait pas. Tristan comprit qu'il obéissait au sifflet, même s'il n'avait rien entendu en l'utilisant. Il prit de l'assurance.

– Débarrasse-moi des trolls..., demanda-t-il.

– Non ! Non ! protestèrent les gnomes avec épouvante.

Ils refluèrent en tintamarre dans la salle blanche à l'instant où l'abominable bête à trois têtes faisait volte-face pour bondir contre eux. Les trois gueules enragées aboyèrent autant qu'un chenil. L'animal furieux se jeta sur la porte précipitamment refermée. Ses griffes la ravageaient comme des ciseaux à bois. Les trolls hurlaient derrière. Tristan eut pitié d'eux. Il reprit le sifflet d'ivoire et siffla. Aucun son ne se fit entendre, mais Cerbère se pétrifia. Il revint ensuite vers l'enfant.

– Que demandes-tu, Maître-du-sifflet ? gronda-t-il.

– Retourne d'où tu viens, dit Tristan.

– Oui, Maître.

Le chien fantasmagorique s'élança dans la galerie, son ombre extraordinaire le poursuivait sur les murs et sur le plafond. Il plongea dans l'ouverture rouge. Le même grondement que tout à l'heure monta du ventre de la terre tandis que la muraille tremblait. L'ouverture du fond s'obtura. Dans le silence revenu, Tristan entendit les gémissements épouvantés des trolls. Il les appela :

– Le chien est reparti ! Vous pouvez sortir !

Le chef allongea sa trogne barbue dans l'entrebâillement de la porte :

– Le... Le chien n'est plus là ?

– Non, répondit Tristan. (Il exhiba le sifflet :) Mais il peut revenir si je l'appelle.

– Non ! Pas ça !

Le chef des trolls s'enhardissait. Il

s'aventura dans la galerie. Les autres se pressaient derrière lui, le groupe avait l'air d'une chenille. Tristan monta sur la marche des escaliers pour mieux dominer ses adversaires :

– Parlez-moi du trésor des trolls ?

– C'est notre trésor, expliqua le chef. Il était dans notre caverne. Mais les diables ont abattu la paroi de pierre, et ils nous l'ont volé. C'est Cerbère qui le garde. Pour le récupérer, nous devons maîtriser Cerbère. Et pour ça, il nous faut le sifflet...

– Compris. Que me donnerez-vous contre le sifflet ?

La proposition de l'enfant était inattendue. Les trolls entamèrent une discussion âpre. Ils se querellaient, faisaient un tel tapage qu'à la fin Tristan se mit deux doigts dans la bouche et fit entendre un sifflement strident (un vrai sifflement humain, celui-là !), pour les rappeler à l'ordre. Ils s'apaisèrent, toutes les têtes vers le garçon.

– Tâchez de m'écouter ! dit Tristan. Je rentre chez moi. Faites-moi une offre intéressante ou vous ne reverrez jamais le sifflet.

Là-dessus, il tourna les talons et commença l'ascension de l'escalier de pierre.

– Attends ! s'écria le chef. Qu'est-ce que tu réclames ?

– Un sac d'or.

– Non ! C'est trop ! Impossible !

Les trolls se disputaient derechef. Sans s'occuper d'eux, le gamin gravit l'escalier. Les trolls s'affolèrent.

– Le morveux s'en va ! les alerta le chef. (Et il appela :) Attends ! Combien veux-tu ? Fais un effort !

Les trolls s'agglutinaient autour de lui. Le garçon les voyait plus petits parce qu'il avait escaladé une bonne trentaine de marches. En revanche, au-dessus de lui, la porte de la chapelle découpait à présent un rectangle de ciel grand comme un domino debout. Tristan fit semblant de réfléchir :

– Voyons ? Tout à l'heure, j'ai demandé un sac d'or...

– Oui ! dit le chef suspendu à ses lèvres, et la bande répéta :

– Oui... oui...

– Mais depuis, raisonna le gamin, j'ai monté des marches...

– C'est vrai, admit le chef, et les autres répétèrent :

– C'est vrai...

– Donc le tarif a monté aussi ! conclut Tristan. Je réclame maintenant deux sacs d'or !

Ah ! Rien n'allait plus ! Les trolls recommencèrent à s'entre-déchirer ! Tout le monde s'égosillait. Tristan poursuivit son ascension. Le chef des trolls ameuta la bande :

– Il s'en va ! Il monte ! Les prix vont monter aussi !

– Bien raisonné ! lança le gamin, sans se retourner.

– Attends ! appela le chef. Combien veux-tu ?

– Trois sacs d'or !

Misère ! La bagarre recommença ! L'enfant continua de grimper. L'ouverture de ciel au-dessus de lui était comme une carte de visite. Le chef appela, sa voix légèrement déformée par la voûte basse de l'escalier, avec des échos :

– Attends ! ... en-en... Combien demandes-tu contre le sifflet ? ... é-é... (Et il s'efforçait de calmer les autres :) Il ne faut pas qu'il s'en aille ! Sinon nous ne récupérerons jamais nos richesses !

– Ma foi, dit Tristan en considérant la bande minuscule au pied de l'escalier comme au fond d'un puits, les prix ont encore monté !

Les trolls gémirent. Tristan montra quatre doigts.

– Quatre sacs d'or ! dit-il.

Et il repartit.

– Impossible ! Tu nous ruines ! protestaient les autres. Attends ! ...en-en...

– Cinq sacs d'or ! riposta Tristan sans se retourner cette fois.

Il n'était plus loin du sommet de l'escalier de pierre. L'ouverture de ciel était comme une carte postale.

– D'accord ! D'accord ! ...or-or..., cria le chef, et il faisait le coup de poing avec ses troupes pour les forcer à accepter le marché.

Tristan fit halte :

– Est-ce que tout le monde est d'accord ?

– Oui ! Oui ! ... i-i..., cria le chef en distribuant des gifles et des coups de savate aux récalcitrants. Tout le monde est d'accord ! Donne-nous le sifflet ! ... é-é...

– Donnez-moi d'abord les sacs d'or.

La lutte recommença. Le chef voulait envoyer chercher les sacs d'or, mais les autres résistaient. Tristan fit mine d'achever l'ascension de l'escalier. Le chef cria :

– Il s'en va ! ... a-a... Il va s'en aller ! Allez chercher les sacs ! (Et il appelait Tristan :) Attends ! Tout le monde est d'accord ! Tu auras tes cinq sacs d'or !

Or-Or-Or ! répétait l'écho.

Tristan s'accorda une nouvelle pause. Il

s'assit sur une marche pendant que trois trolls quittaient le groupe en bas, vers la galerie. Il attendit. Le chef des trolls, de son côté, avait déplié un mouchoir à carreaux et il s'épongeait le front. Soudain, le groupe s'écarta. Les trois commissionnaires étaient de retour avec les sacs d'or. Deux en portaient chacun une paire, reliés entre eux par une lanière de cuir, le troisième n'en portait qu'un. Ils entreprirent l'ascension de l'escalier. Ils ne progressaient pas vite parce que les marches étaient hautes. Ils parvinrent essoufflés aux pieds de l'enfant qui se releva en brandissant le sifflet :

– Attention, les trolls ! Pas de traîtrise ou j'appelle Cerbère !

– Non ! Non ! se défendirent les porteurs.

– Ouvrez un sac, que je vérifie son contenu ! exigea Tristan.

Les trolls hésitaient. Ils se retournèrent vers le chef resté au pied de l'escalier.

– Faites ce qu'il commande ! ... ande-ande-ande ! ordonna le chef.

Un sac fut ouvert : il contenait des pièces d'or. Tristan sourit.

– Déposez les sacs sur la marche.

– Faites ce qu'il commande ! répéta le chef, et sa voix montait en résonnant : ande-ande-ande...

Les trolls obéirent à regret. S'ils avaient pu tenter quelque chose contre le garçon, sûr qu'ils l'auraient tenté !

– Descendez rejoindre les autres à présent, leur ordonna Tristan.

– Et le sifflet ? revendiqua l'un, l'air revêche.

L'enfant ne lui répondit pas, mais cria pour le groupe au pied de l'escalier :

– Je déposerai le sifflet sur la tombe à

gauche de la chapelle ! (Et, comme les trois commissionnaires protestaient :) C'est ça ou rien ! À vous de me faire confiance car je n'ai pas confiance en vous !

Les trois porteurs hésitaient, prêts à reprendre leurs sacs. D'en bas, le chef cria :

– Faites ce qu'il commande ! Descendez !

Endez-endez-endez... répéta l'écho longuement. Les trolls obéirent, en se déplaçant de côté, sans perdre l'or de vue. Tristan attrapa les lanières qui reliaient les sacs par deux et se les jeta sur l'épaule. Il prit le cinquième sac par le col. Il se redressa et lança un avertissement :

– Je ne sortirai pas tant que les trois porteurs ne vous auront pas rejoints au bas de l'escalier !

– Descendez ! Descendez ! ordonna le chef aux trois trolls.

Cette fois, ils obéirent. Tristan mit à profit le temps de répit que lui offrait leur descente pour préciser ses intentions :

– Je déposerai le sifflet où j'ai dit dès que je serai à l'air libre. Comptez jusqu'à cent et montez le chercher !

– Oui ! Oui ! crièrent les trolls en réponse.

Tristan devina qu'ils avaient des fourmis dans les jambes et ne compteraient même pas jusqu'à dix. Il fit volte-face illico, escalada les dernières marches quatre à quatre. Il traversa la chapelle en courant. Derrière lui les trolls braillaient et se bousculaient déjà dans l'escalier. Il jaillit dehors comme un pépin de citron pressé entre deux doigts.

Vite, il jeta le sifflet sur une tombe à droite (et pas à gauche), gagna la sortie

du cimetière. Il en franchit la grille. Il galopait dans la rue lorsqu'il entendit la troupe barbare s'éjecter hors de la chapelle en vociférant. Puis il entendit toutes sortes de jurons parce que le sifflet ne se trouvait pas sur une tombe à gauche.

Il fonça droit devant lui. Le poids de l'or l'encombrait un peu, mais il ne songeait pas à s'en séparer ! Il riait tout seul en courant. Le temps que les trolls pensent à chercher le sifflet sur une tombe à droite (et somme toute, elle était à gauche... en regardant la chapelle), il était arrivé devant chez lui. Le soleil, tout rouge, coloriait l'église et le cimetière.

Tristan poussa la porte de l'immeuble. Il savait désormais que les trolls ne le retrouveraient pas. Un instant, souriant, dans le couloir, il les imagina bernés, en train de se chamailler entre les tombes.

Bientôt, ils réintégreraient leur souterrain pour siffler le chien des Enfers et reprendre leur trésor aux démons. Et cela, justement, l'amusait. Il esquissa un pas de danse.

– Puisqu'ils veulent y aller, qu'ils aillent donc au diable ! fit-il.

Je me suis
enfui au pas
de course...

ÉPILOGUE

Vous avez eu peur ? Moi aussi. J'en ai le cœur qui palpite. Figurez-vous que je m'étais arrêté devant la tombe d'un défunt nommé Alaya. Son prénom m'a fait pouffer de rire. Forcément : Sélim ! Hi-Hi-Hi ! Sélim Alaya ! Le défunt s'est mis en colère, il en faisait une montagne ! Hi-Hi-Hi ! Je me suis enfui au pas de course. Maintenant, j'essaie de rentrer chez moi mais de drôles de choses me pourchassent. Ça ressemble à des fumées noires brassées au-dessus de ma tête, ça grouille et ça grenouille, j'aperçois toutes sortes de trognes grimaçantes. Bref. Je me sens mal parti. Si j'arrive chez moi, j'y arriverai. J'échouerai en revanche, si je n'y arrive pas. Je ne pourrai plus raconter de sornettes à dresser les cheveux sur la tête. Tant mieux pour les chauves. Mais en attendant, cachez le nez sous les draps. Évitez de claquer des dents ou d'appeler votre mère car le bruit attire les fantômes. (Ne faites pas pipi au lit non plus, vos parents me chercheraient des histoires.)

Je vous fais la bise, comme disait Éole[1].

1. Éole : dieu du vent.

Table des matières

Yak Rivais

est né à Fougères en 1939.

InstitAuteur,

il a beaucoup écrit pour les enfants,

et reçu de nombreux prix

pour ses contes et ses jeux littéraires.

Il a aussi écrit pour les adultes

(Prix de l'Humour Noir,

Prix de l'Anticonformisme, Prix Bretagne),

et professionnellement, pour les enseignants.

Il illustre lui-même ses histoires.

Du même auteur :

Aux Éditions Nathan :

Contes du cimetière après la pluie (Lune Noire, 1997)

Gillou et les Oscars (Pleine Lune, 1998)

Lutinet cherche une glace (Première Lune, 1998)

VOUS POUVEZ LIRE AUSSI...

Un chien dans le placard

PASCAL HÉRAULT / NATACHA SICAUD

Victor est coincé entre ses parents qui ne le laissent pas respirer et ses camarades qui le martyrisent parce qu'il est trop bon élève. Son seul souhait est d'avoir un chien pour son anniversaire. Ses parents s'y opposent. Mais voilà qu'un chien étonnant apparaît, un jour, dans sa chambre...

Contes du cimetière après la pluie

YAK RIVAIS

Au cimetière Saint-Patrick, les morts guettent les vivants. C'est ainsi que Rozen et Marg'rite promènent un fantôme et que le vampire s'en prend à Yanig. La petite Fantik a de sérieux ennuis avec une sorcière de 320 ans, et le grand Lucifer compose une musique à damner les hommes ! Heureusement, les humains ne se laissent pas fairc...

Contes du cimetière avant l'orage

YAK RIVAIS

Au cimetière Saint-Patrick, les morts ricanent... Et dans les allées, un Poulpiquet se rue sur des Chamallows pendant que le Diable joue au foot. Les sorcières s'amusent à embêter Louisic, les morts jouent de la musique. Les enfants sont des malins et les morts le savent bien.

Le renard de Morlange

ALAIN SURGET/ PHILIPPE MIGNON

Violences, humiliations : rien n'arrête le cruel comte de Morlange. Rien ? Jusqu'au jour où un curieux vieillard lui prédit que, s'il ne change pas sa conduite, il sera transformé en jeune renard les nuits de pleine lune...

... DANS LA COLLECTION **PleineLUNE** *FANTASTIQUE*

La boutique maléfique

GUDULE / CHRISTOPHE DURUAL

Le kidnappeur a encore frappé ! Cette fois, c'est Justine-la-rouquine, la meilleure copine de Mickette, qui a disparu. Mickette se ronge d'inquiétude. Pour lui remonter le moral, son père l'emmène acheter un cadeau porte-chance à son amie. Attention, Mickette ! La patronne de la boutique a un regard qui vous glace vraiment les sangs... Et les jouets ont l'air de grimacer dans l'ombre...

L'école qui n'existait pas

GUDULE / CHRISTOPHE DURUAL

Mickette collectionne les zéros à l'école. Son père est furieux ! Alors, au revoir l'école publique, adieu les jeans et les baskets troués ! Mickette part finir son CM2 en rase campagne, à la Pension Suave, un institut de jeunes filles sages. Si sages et si propres qu'on dirait presque des poupées modèles. D'ailleurs, aucune ne cherche à savoir ce que cache la « Zone interdite » ! Mickette ne tarde pas à se sentir mal à l'aise...

Magie noire au collège

CHRISTINE AUBRÉE / STANISLAS BARTHÉLÉMY

Décidément, quelque chose ne tourne pas rond au collège : Lucie a des boutons bleus, Louise des ongles immenses... et voilà Héloïse transformée en crapaud ! Basile, son frère, n'en revient pas. Avec quelques amis, il décide de mener l'enquête : il faut sortir Héloïse de ce mauvais pas. Gober les mouches, c'est fatigant, côaaa !

N° d'Éditeur 10091789 (III) (16) OSBN 90°
Dépôt légal avril 2002
Flashage CTP et impression par
MAME Imprimeurs à Tours (n° 02032333)